今の世の中
マンガで学ぶ日本語会話

現今社會 看漫畫學日語會話

附mp3 CD

水谷信子　著
林彦伶　譯

鴻儒堂出版社發行

はしがき

　外国語を学んだらその知識を活用して、関心のある話題について話し合うのが一番です。そうすれば語学力も伸びるし、気持ちの上でも達成感を味わうことができます。現代の多くの人が関心をもっている社会的な問題を、日本語でどんどん話し合うことで、日本語を学んだ喜びを感じる、みなさんにそういう経験をしていただきたいと、ずっとわたしは願ってきました。今回その願いがかなえられるのは、ほんとうに嬉しいことです。

　今の若い人はマンガが好きだとよく言われますが、実はわたしは十代の初めからマンガが好きでした。読むことも好きでしたが、描くことがもっと好きで、できたら将来はマンガ家になりたいと希望していました。不幸にしてその希望は実現しませんでしたが、この本を通して、みなさんがマンガを使って日本語力をのばすのをお手伝いすることができることになりました。

　わたしは台湾が大好きです。台湾には親しい知人や友人や以前の学生が大勢います。自分でも台湾には何度かお邪魔しましたが、その度に楽しく、また来たいを思わずにいられませんでした。それは台湾の人たちの持つ温かい理解力と大きな包容力のためだと思います。台湾のみなさんがこの本で日本語を活用し、日本語を使う喜びを味わってくださることを心から願っています。

2015年夏

水谷信子

本書的使用方法

　　本書內容皆為平日生活中常用的對話，探討現今社會上形形色色的事，以及切身經歷的各種日本文化，配合漫畫及各種例句，讓學習者從貼近生活的對話中，輕鬆增進口語能力。

　　每課均有下列單元：

一, 會話 I

　　參考漫畫中的情境，除了練習mp3 CD中的例句，也可自行想出代換句子，同學之間互相對話，並就內容方面互相討論。

二, 會話 II

　　為會話 I 沿伸出的較長的會話，皆為日常生活中的常用句，若能熟記，於實際的生話中則可應用自如。

三, 會話練習

　　針對每課的主要句型，填入代換詞句來練習會話。可自由地變化部份內容，就該項主題進行對話。

目　次

第❶課：ケーチュー時代
（手機成癮時代）

会話 1　曲目01-2

先生：吉田君、どうしたの。

生徒：ケータイ忘れてきたんだって。

先生：ケータイ＿＿＿＿＿＿何もできないのね。

老師：吉田怎麼了？

學生：他說他忘了帶手機來。

老師：＿＿＿＿手機就什麼也不能做啊？

会話Ⅰの下線部分に入る答え

（1）がないと（沒有）…………………………………………2点

（2）がなかったら（沒了）……………………………………2点

（3）がなくては（沒有）………………………………………2点

（4）を持っていなかったら（沒帶）…………………………2点

（5）なしでは（沒帶）…………………………………………2点

計10点

（6）その他（其他）……………………………………………？

＊右にあるのは点数です。(1) が入れられれば 2点、(2) もできたら計4点、(5) まで入れることができたら10点です。(6) は自分の答えです。

右邊的數字是分數。答出(1)可得2分，(1)和(2)都答對共得4分，(1)到(5)都答出來就有10分。(6)是你自己的答案。

2

「ケーチュー」というのは「携帯電話中毒」という意味です。若い人は
ひまさえあればケータイでメールを見たり送ったりしているので、一種の
ケータイ中毒だといわれます。

　下線の部分に入れることばを考えてください。はじめは答えを見ないで
入れてみてください。答えは1つではありません。いろいろ考えて入れて
ください。そのあとで答えを見てください。たくさん答えると点数が上が
ります。

　　　「ケーチュー」指「携帯（ケータイ）電話中毒（チュードク）
〈手機成癮症〉」。年輕人只要有空就拿手機收發電子郵件，有人說
這就是一種手機成癮症。

　　　想想看底線部分要填什麼詞語。一開始先別看解答，自己填填
看。答案不只一個。多想幾個填填看。之後再看解答。答得越多分數
就越高。

むすこ：ただいま。部屋で友達と遊びたいんだけど。

母　親：いいわよ。じゃ、ジュースとお菓子、持って行ってあげる。

むすこ：入り口においておいてくれればいいよ。

母　親：そう。

兒子：我回來了。我想跟朋友在房間裡玩。

母親：好啊。那我幫你準備果汁和點心拿過去。

兒子：放在房門口就好了。

母親：喔。

会話練習　曲目01-4

　　前ページのまんがでは、むすこの部屋へ母親が飲み物を持って行きます。むすこは実は部屋へ入ってもらいたくないので、「入り口におけばいい」と遠慮した表現を使います。応用練習はＡに対しＢが手伝いを申し出る。Ａは遠慮から「〜てくれればいい」の形で答える場面です。入れ替え語句のほか、自分で考えた語句も入れて友達と二人で会話をしてみて下さい。３のような冗談でもかまいません。

　　在前一頁的漫畫裡，母親要把飲料端到兒子的房間。兒子其實是不想要母親進房間，所以就用客氣的說法「放在房門口就好了」。在應用練習的場景，是B提議要幫A做某事，A因為客氣所以用「只要～就好了」的形式回答。除了代換詞句之外，也填入自己想出來的詞句，然後和同學兩個人一起對話看看。像3這樣開開玩笑也無妨。

A：あしたは①引っ越しなんです。

B：じゃ、②お手伝いに行きましょう。

A：すみませんね。じゃ、③1時間ほど手伝ってくれればいいです。

A：我明天要搬家。

B：那我去幫你搬吧。

A：眞不好意思，那麻煩你來一個小時就好了。

■入れ替え語句

1　①国へ帰るん

　　②見送りに

　　③空港は遠いからバス停まで来て

2　①誕生日のパーティーなん

　　②何か持って

　　③いらないワインを一本持って来て

3　①レポートを出すん

　　②お手伝いに

　　③代わりに全部書いて

■代換詞句

1　①要回國

　　②去送行

　　③機場太遠，到公車站

2　①要辦慶生餐會

　　②帶點什麼東西去

　　③帶一瓶你不要的葡萄

　　　酒來

3　①要交報告

　　②去幫你

　　③麻煩你全幫我寫完

第❷課：偽装時代

（僞裝時代）

会話１　　曲目02-2

A：これ、賞味期限は今週いっぱいです。

B：そうですか。じゃ、あしたも食べられますね。

A：でも、本当じゃないかもしれませんね。

B：そう、偽装がはやっているから_____よ。

A：這東西的保存期限到這週末。

B：這樣啊。那明天也可以吃囉。

A：可是也說不定是騙人的。

B：對，最近偽裝的商品很多，所以＿＿＿＿＿＿＿。

<u>会話 I の下線部分に入る答え</u>

（1）うそかもしれません（說不定是假的）……………………2点

（2）もっと古いかもしれません（說不定更不新鮮）………2点

（3）信用できません（不能信任）……………………………2点

（4）信用しないほうがいいです（最好別相信）……………2点

（5）本当のことはわかりません（是真是假也不知道）……2点

計10点

（6）その他（其他）……………………………………………？

＊右にあるのは点数です。(1) が入れられれば 2点、(2) もできたら計4点、(5) まで入れることができたら10点です。(6) は自分の答えです。

　　右邊的數字是分數。答出⑴可得2分，⑴和⑵都答對共得4分，⑴到⑸都答出來就有10分。⑹是你自己的答案。

偽装というのは、うその日付や材料などを示すことです。最近、有名な店が肉の種類や賞味期限の日付をごまかしたことがわかって、問題になっています。

下線の部分に入れることばを考えてください。初めは答えを見ないで入れてみてください。答えは1つではありません。いろいろ考えて入れてください。たくさん答えると点数が上がります。

這裡說的偽裝，是指日期或材料標示不實。最近發生了知名店家肉品種類及保存期限日期標示不實的問題。

想想看底線部分要填什麼詞語。一開始先別看解答，自己填填看。答案不只一個。多想幾個填填看。答得越多分數就越高。

むすこ：お母さん、テストが返ってきた。

母　親：85点！まあ、すばらしいわね！

むすこ：遊びに行ってきます。

母　親：あら、きのうじゃなくて去年のテスト。ごまかしたんだわ。

父　親：いつも成績のことで叱られてるから、しかたがないかもしれ

ないけど、ごまかすのはよくないな。

兒子：媽媽，考卷發回來了。

母親：85分！哇，眞了不起！

兒子：我出去玩一下。

母親：咦？這不是昨天的考卷，是去年的。竟然這樣矇騙。

父親：老是因爲成績的事挨罵，所以難免會這樣吧，不過騙人可要不得。

会話練習　曲目02-4

　前のページのマンガでは、むすこが去年のテストを母親に見せて喜ばせます。母親は怒りますが、父親はいつも成績のことで叱られているからむりはないと言います。会話練習では普通の会話にしました。「～だからしかたがないかもしれないけど」という表現を練習してください。入れ替え語句のほか、自分で考えた語句も入れて友達と二人で会話をしてみてください。

　在前一頁的漫畫中，兒子拿去年的考卷讓母親看，討母親的歡心。母親很生氣，父親則說孩子老因成績挨罵，難怪會出此下策。會話練習用的是普通的會話。練習看看「～だからしかたがないかもしれないけど」的表達方式。除了代換詞句之外，也填入自己想出來的詞句，然後和同學兩個人一起對話看看。

A：これ、①きのうのテストじゃなくて、②去年のですよ。

B：③いつも成績のことで叱られているから、しかたがないかもしれませんが、ごまかすのはよくないですね。

A：這不是①昨天的考卷，是②去年的。

B：③老是因爲成績的事挨罵，所以難免會這樣吧，不過騙人可要不得。

■入れ替え語句

1　①有名な鶏肉
　　②普通の鶏肉
　　③偽装時代だ

2　①国内の野菜
　　②輸入の野菜
　　③偽装時代だ

3　①このごろの写真
　　②若いころの
　　③お見合い写真だ

■代換詞句

1　①有名的雞肉
　　②普通的雞肉
　　③偽裝時代

2　①國內的蔬菜
　　②進口的蔬菜
　　③偽裝時代

3　①最近的照片
　　②年輕時候的
　　③相親照

第❸課：若者の体力低下

だい か　わかもの　たいりょくてい か

（年輕人體能低落）

会話 1　曲目03-2

女性教員（じょせいきょういん）：校長先生（こうちょうせんせい）、元気（げんき）ですね。

男性教員（だんせいきょういん）：でも、子供（こども）たちの運動能力（うんどうのうりょく）が心配（しんぱい）ですね。

女性教員（じょせいきょういん）：＿＿＿＿＿＿＿＿＿＿あまり運動（うんどう）しなくなったからでしょう

ね。

女老師：校長精神眞好。

男老師：倒是小朋友的運動能力眞讓人擔心。

女老師：可能是因爲_____現在都不太運動的關係吧。

会話Ⅰの下線部分に入る答え

（1）生活が便利になって（生活變得太方便）……………………2点

（2）勉強ばかりしていて（成天都在讀書）…………………………2点

（3）遊ぶ時間や場所がなくて（沒時間也沒地方玩）…………2点

（4）栄養のあるものを食べる割に（雖然吃得很營養，但是）…2点

（5）環境のせいで（環境的影響）……………………………………2点

計10点

（6）その他（其他）………………………………………………………？

＊右にあるのは点数です。(1) が入れられれば 2点、(2) もできたら計4点、(5) まで入れることができたら10点です。(6) は自分の答えです。

右邊的數字是分數。答出(1)可得2分，(1)和(2)都答對共得4分，(1)到(5)都答出來就有10分。(6)是你自己的答案。

14

このごろの子供や若者は体が大きくなりましたが、運動能力は前より下がっているといわれます。生活習慣・食生活・少子化などいろいろな原因が言われています。下線の部分に入れることばを考えてください。初めは答えを見ないで入れてみてください。答えは１つではありません。いろいろ考えて入れてください。そのあとで答えを見てください。たくさん答えると点数が上がります。

最近的小孩和年輕人體格長高了，但據說運動能力卻比以前要差。原因眾說紛紜，可能在於生活習慣、飲食生活、少子化等等。想想看底線部分要填什麼詞語。一開始先別看解答，自己填填看。答案不只一個，多想幾個來填。之後再看解答。答得越多分數就越高。

中年の男性：どうぞおすわりください。

お年寄りの女性：ありがとうございます。ちょっとお待ちください。連れを呼びますから。

弱そうな若い男性：おばあさん、ありがとう。

お年寄りの女性：この子はつかれやすいんです。

中年男子：請坐。

年長女性：謝謝。請等一下，我去叫我同伴。

虛弱貌年輕男子：謝謝奶奶。

年長女性：因爲這孩子身體容易累。

　前のページのマンガでは、おばあさんはお礼を言ったあと「ちょっとお待ちください。連れを呼びますから」と言います。この「ちょっとお待ちください。～ますから」はよく使うので、入れ替えて練習してください。長すぎたら③の部分はやめてもかまいません。

　　在上一頁的漫畫裡，老太太道謝後說：「請等一下，我叫我同伴來」。「請等一下，我～」這句型很常用，代換練習看看。如果太長可以把③的部分省略。

A：どうぞ①<u>おすわり</u>ください。

B：ありがとうございます。ちょっとお待ちください。②<u>連れを呼びます</u>から。

A：……？

B：③<u>この子</u>はつかれやすいんです。

A：請坐。

B：謝謝。請等一下，我去叫我同伴。

A：……？

B：因爲這孩子身體容易累。

■入れ替え語句

1 食堂で

　①おあがり

　②かばんからお箸を出します

　③環境保護のため割りばしは使わない

2 受付で　①社長室へおいで

　　　　　②薬を飲みます

　　　　　③緊張している

3 主人と客

　①わたしが作ったケーキですが、おあがり

　②ケータイを出します

　③写真をとりたい

■代換詞句

1 在餐廳

　①進

　②要從包包裡拿筷子出來

　③爲了環保，我不用免洗筷

2 在櫃台　①進社長室

　　　　　②要吃藥

　　　　　③我太緊張了

3 主人和客人

　①請用，這是我做的蛋糕

　②拿手機出來

　③我想照相

第❹課：リサイクル時代

（回収再利用的時代）

会話1　曲目04-2

こわれた冷蔵庫、自転車、本箱などの間に窮屈そうに座っている中年男性に、訪ねてきた女性が質問している。

女性：どうしてそんなこわれたものを捨てないんですか。

男性：どうリサイクルしようかと考えて＿＿＿＿＿＿＿＿たまってしまったんです。

一名男子縮著身體，坐在壞掉的冰箱、腳踏車和書櫃等物品之間。來訪的女子向他發問。

女子：這些壞掉的東西為什麼不拿去丟？

男子：我在想要怎麼回收再利用，＿＿＿＿＿＿就堆積如山了。

会話Ⅰの下線部分に入る答え　會話Ⅰ解答

①いるうちに（想著想著）…………………………………2点

②いるあいだに（想著想著）………………………………2点

③いたら（結果）……………………………………………2点

④みてもわからないので（因為想不出來）………………2点

⑤いたらいつのまにか（結果不知不覺）…………………2点

計10点

⑥その他（其他）……………………………………………？

＊右にあるのは点数です。①が入れられれば 2点、②もできたら計4点、⑤ まで入れることができたら10点です。⑥ は自分の答えです。

右邊的數字是分數。答出①可得2分，①和②都答對共得4分，①到⑤都答出來就有10分。⑥是你自己的答案。

リサイクル時代ですが、古くなったものをどうリサイクルするかはなかなかむずかしい問題です。みなさんも考えてください。

初めは答えを見ないで入れてみてください。答えは１つではありません。いろいろ考えて入れてください。そのあとで答えを見てください。たくさん答えると点数が上がります。

雖然是講求回收再利用的時代，但舊東西該如何回收利用可真是個難題。大家也一起來想想吧。

想想看畫底線的部分要填什麼。一開始先別看解答，自己填填看。答案不只一個，多想幾個來填。之後再看解答。答得越多分數就越高。

男性：さしあげます。どうぞ使ってください。

女性：ありがとう。でも、何で作ったのかわかりません。めずらしい
　　　動物の皮でしょうか。

男性：車のシートベルトだったんです。

女性：そうですか。いろんなリサイクルがあるもんですね。（心の中
　　　で）「ワニ皮でもくれればいいのに」。

男性：這送給妳用。

女性：謝謝。不過看不出來這是用什麼做的。是不是什麼珍禽異獸的皮
　　　啊？

男性：這是用汽車安全帶做的。

女性：喔。回收再利用還真是五八花門呢。（哼，就不會送我鱷魚皮的
　　　嗎？）

会話練習　曲目04-4

前のページのマンガでは、ぜいたくの好きな女性はリサイクルのかばん
は気にいらなかったのですが、練習ではいろいろなリサイクルの例を話し
合います。「～かわかりませんけど」と「いろんな～があるもんですね」
の練習をしてください。

在前一頁的漫畫中，愛好奢華的女子對於資源回收製成的皮包並
不滿意，而練習裡則談到各種回收再利用的例子。練習說說看「～か
わかりませんけど」和「いろんな～があるもんですね」的句子

A：いい①かばんですね。②何で作ったのかわかりませんけど。

B：③車のシートベルトだったんだそうです。

A：そうですか。いろんなリサイクルがあるもんですね。

A：這皮包眞不錯。不知道是用什麼做的？

B：聽說是汽車的安全帶。

A：喔。回收再利用還眞是五花八門呢。

■入れ替え語句

1　①ドレス
　　②何という生地
　　③古い着物

2　①建物
　　②何式という建築
　　③電車の車両

3　①花瓶
　　②何でできているの
　　③空き缶

■代換詞句

1　①洋裝
　　②什麼布料
　　③舊和服

2　①房子
　　②什麼樣式的建築
　　③電車的車廂

3　①花瓶
　　②用什麼做的
　　③空罐子

第❺課：独身時代 (どくしんじだい)

（單身時代）

会話 I　曲目05-2

母親が男性の写真を手に、むこうをむいて知らん顔をしている娘にたずねている。

母親：どうして結婚しないの。こんなにいいお話があるのに。

娘　：どうして結婚しないのってきかれても、わからないわ。どうして結婚＿＿＿＿＿＿の。毎日たのしく働いているのに。

母親拿著男性的照片問女兒，女兒別開臉裝傻。

母親：妳爲什麼不結婚？人家條件這麼好。

女兒：問我爲什麼不結婚我也不知道。爲什麼＿＿＿＿＿結婚？我每天都

　　　樂在工作啊。

会話Ⅰの下線部分に入る答え　會話Ⅰ解答

①しなきゃいけない（一定得）………………………………2点

②しないといけない（一定要）………………………………2点

③する必要がある（需要）……………………………………2点

④させたい（想叫我）…………………………………………2点

⑤してもらいたい（要叫我）…………………………………2点

計10点

⑥その他（其他）………………………………………………？

＊右にあるのは点数です。①が入れられれば　2点、②もできたら計4点、⑤まで入れ

ることができたら10点です。⑥は自分の答えです。

　　右邊的數字是分數。答出①可得2分，①和②都答對共得4分，①到⑤都答出來就有

　　10分。⑥是你自己的答案。

男女とも、仕事をもって充実した毎日を送り、便利で自由な生活をしていると、結婚しない傾向がふえ、少子化との関係でむずかしい問題になっています。

初めは答えを見ないで入れてみてください。答えは１つではありません。いろいろ考えて入れてください。そのあとで答えを見てください。たくさん答えると点数が上がります。

　　男人和女人都擁有工作，每天過得很充實，生活方便又自在，這麼一來不婚的趨勢就會增強，導致少子化，形成棘手的問題。

　　想想看底線部分要填什麼詞語。先別看解答，自己填填看。答案不只一個，多想幾個來填。之後再看解答。答得越多分數就越高。

母親：そろそろおよめさんに来てもらわなくちゃ。

息子：洗濯ぐらい自分でやるから、やってくれる人がいなくてもぼくは困らないよ。

母親：小さい時から自分のことは自分でするように育てたのがいけなかったのかしら。

奥にいる父親：そうかもしれないね。でも、もう間にあわないな。

母親：也該給你娶個媳婦了。

兒子：洗衣服這點小事我自己會做，沒人幫我洗也無所謂。

母親：從小教你自己的事自己做，莫非是我錯了？

屋內的父親：也許吧，不過已經後悔莫及了。

会話練習　曲目05-4

　前のページのマンガでは、昔風の母親は洗濯は妻がやるものと思っていますが、練習のAの人は、ふつう異性の仕事と思われていることも自分でやります。入れ替え語句の１と２は男性、３と４は女性と考えるとおもしろいでしょう。「〜ぐらい」（程度が低いと思っていることを示す）と「〜なくても困らない／かまわない」という表現の練習をしてください。

　　在上一頁的漫畫裡，舊式思想的母親認為洗衣服是老婆的工作，不過會話練習裡的A卻覺得一般認定異性該做的事也可以自己來。如果把代換詞句的1和2當作是男性的台詞，3和4當作是女性的台詞，不是很有意思嗎？練習看看「〜ぐらい」（表示認為程度很低）和「〜なくても困らない／かまわない（沒有〜也無妨／無所謂）」等表達方式。

A：①<u>洗濯</u>ぐらい自分でやりますよ。

B：そうですか。だれかやってくれる人がいるといいと思いますが。

A：やってくれる人がいなくても②<u>困りません</u>。

A：洗衣服這點小事我可以自己來。

B：喔。我倒是希望有人幫我。

A：沒人幫我也沒關係。

■入れ替え語句

1　①料理

　　②かまいません

2　①子供のせわ

　　②だいじょうぶです

3　①屋根の修理

　　②だいじょうぶです

4　①荷物運び
　　②平気です

■代換詞句

1　①做菜

　　②無所謂

2　①照顧小孩

　　②沒問題

3　①修理屋頂

　　②沒問題

4　①搬行李

　　②不在意

会話 I 　曲目06-2

大学の入学式。長い髪のはでな服の美人学長が壇上でにこやかに挨拶している。

女性教授：今度の学長は元女優だそうですね。

男性教授：全入時代だからイメージが大切なんだろうけど、ちょっと

_____じゃないかな。

大學入學典禮。一頭長髮，身著華服的美女校長在台上微笑致詞。

女教授：聽說新校長以前是女演員呢。

男教授：因爲在這有考必上的時代，形象很重要吧。不過好像有點＿＿＿＿

　　　　　＿＿。

会話Ⅰの下線部分に入る答え　會話Ⅰ解答

①やり過ぎ（做得太過火了）…………………………………2点

②行き過ぎ（做過頭了）………………………………………2点

③極端（極端）…………………………………………………2点

④おかしいん（奇怪）…………………………………………2点

⑤間違っているん（搞錯了）…………………………………2点

計10点

⑥その他（其他）………………………………………………？

＊右にあるのは点数です。①が入れられれば　2点、②もできたら計4点、⑤まで入れることができたら10点です。⑥ は自分の答えです。

　右邊的數字是分數。答出①可得2分，①和②都答對共得4分，①到⑤都答出來就有10分。⑥是你自己的答案。

少子化で学生の数が減り、つぶれる大学もあり、大抵の大学は学生定員をみたすために苦労しています。校舎をきれいにしたり、珍しい科目を教えたり、工夫しています。

上の会話の下線部分に入れることばを考えてください。初めは答えを見ないで入れてみてください。答えは1つではありません。いろいろ考えて入れてください。そのあとで答えを見てください。たくさん答えると点数が上がります。

受到少子化影響，學生人數減少，甚至有大學倒閉，大部分的大學都為了招滿學生名額而備嘗艱辛。例如翻新校舍，或是開授罕見科目等等，處處費盡心思。

想想看上面會話的底線部分要填什麼詞語。先別看解答，自己填填看。答案不只一個，多想幾個來填。之後再看解答。答得越多分數就越高。

入学式に来た母と息子が話している。

母親：食堂も学生食堂というより高級レストランって感じね。

息子：高いだろうね。

母親：そうでしょうね。

息子：ぼく、アルバイトするよ、皿洗いか何か。

母親（並んでいる学生に）：人気メニューに並んでいるのですか。

学生：いえ、皿洗いのアルバイトの面接です。

参加入學典禮的母親和兒子在交談。

母親：餐廳也不像學生餐廳，倒像高級餐廳一樣。

兒子：一定很貴吧。

母親：應該是吧。

兒子：我會去打工，找個洗碗的工作或什麼來做。

母親（對著排隊的學生問）：你們是在排隊買搶手的料理嗎？

學生：不，我們是在排洗碗工的面試。

会話練習　曲目06-4

　前のページのマンガでは、しゃれた学生食堂を見て、息子は、ここで食べるためにアルバイトをしようと思いますが、同じ希望者が多いので驚きます。練習では「～というより～」の文型をおぼえてください。入れ替え語句の１は出かける支度をしているところ、２は大学の授業を参観しているところ、３はデパートの売り場です。下の会話の下線部①②③に入れ替え語句の各①②③を入れて練習してください。

　　在前一頁的漫畫裡，兒子看到精心裝潢的學生餐廳，心想要去打工來支付在這裡吃飯的費用，結果卻驚訝地發現好多人都有跟他一樣的想法。練習時好好記住「～というより～（不像～倒像是）」的句型。代換詞句的1是正在準備出門，2是正在參觀大學的教學，3是在百貨公司的賣場。把代換詞句裡的①②③填到下面會話的底線①②③，練習說說看。

A：①学生食堂<ruby>学生食堂<rt>がくせいしょくどう</rt></ruby>というより②<ruby>高級<rt>こうきゅう</rt></ruby>レストランって<ruby>感<rt>かん</rt></ruby>じですね。

B：③<ruby>値段<rt>ねだん</rt></ruby>も<ruby>高<rt>たか</rt></ruby>いでしょうね。

A：そうでしょうね。

A：不像①學生餐廳，倒像②高級餐廳一樣。

B：③價錢也很貴吧。

A：應該是吧。

■<ruby>入れ替え語句<rt>いれかえごく</rt></ruby>

1　①<ruby>春<rt>はる</rt></ruby>
　　②<ruby>冬<rt>ふゆ</rt></ruby>
　　③<ruby>外は寒<rt>そと さむ</rt></ruby>い

2　①<ruby>講義<rt>こうぎ</rt></ruby>
　　②<ruby>雑談<rt>ざつだん</rt></ruby>
　　③<ruby>勉強<rt>べんきょう</rt></ruby>にならない

3　①<ruby>子供服<rt>こどもふく</rt></ruby>
　　②<ruby>舞台衣装<rt>ぶたいいしょう</rt></ruby>
　　③<ruby>値段<rt>ねだん</rt></ruby>も<ruby>高<rt>たか</rt></ruby>い

■代換詞句

1　①春天
　　②冬天
　　③外面很冷

2　①上課
　　②閒聊
　　③學不到東西

3　①童裝
　　②舞台裝
　　③價錢也很貴

第７課：パート時代

（打工時代）

会話１　曲目07-2

かぜをひいて、マスクをして仕事に出かけようとしている息子を、玄関で見送りながら母親が話しかける。

母親：パート社員なんだから、かぜをひいてるのに仕事に行かなくてもいいんじゃない？

息子：あのね、お母さん、ぼく、＿＿＿＿＿＿＿＿けど、仕事は正社員と同じことをしているんだよ。

感冒的兒子戴著口罩準備出門工作，在玄關看著他出門的母親開口說話。

母親：你是計時工作人員，何必感冒還硬撐去上班呢？

兒子：媽妳不知道，我雖然＿＿＿＿＿＿，做的工作可是跟正式職員一樣耶。

会話Ⅰの下線部分に入る答え　會話Ⅰ解答

①身分はパートだ（身分是計時人員）……………………2点

②待遇はパートだ（待遇是計時人員）……………………2点

③もらうお金は少ない（領的錢少）………………………2点

④名前は派遣社員だ（名稱叫派遣職員）………………2点

⑤正社員より条件が悪い（工作條件不如正職人員）………2点

計10点

⑥その他（其他）……………………………………………？

＊右にあるのは点数です。①が入れられれば 2点、②もできたら計4点、⑤まで入れることができたら10点です。⑥ は自分の答えです。

　右邊的數字是分數。答出①可得2分，①和②都答對共得4分，①到⑤都答出來就有10分。⑥是你自己的答案。

多くの会社が費用を減らすために、派遣社員などの名前で、パートタイムで働く人を雇っていることが問題になり、なるべく正社員にするべきだという声が出ているのですが、実際はまだ正社員になれないで、悪い条件で働いている人が若い人にたくさんいます。

上の会話の下線部分に入れる語句をいろいろ考えてください。初めは答えを見ないで入れてみてください。答えは１つではありません。いろいろ考えて入れてください。そのあとで答えを見てください。たくさん答えると点数が上がります。

　　　　許多公司為了降低費用，以派遣人員等名義雇用計時工作的人，形成社會問題。雖然有人呼籲應盡量將他們升為正式員工，但事實上在年輕人當中，有很多人都未能成為正職人員，一直在惡劣的條件下工作。

　　　　想想看上面會話的底線部分要填什麼詞語。先別看解答，自己填填看。答案不只一個，多想幾個來填。之後再看解答。答得越多分數就越高。

喫茶店で座っている女性のところへ男性が来ました。同じ会社の社員らしいです。

女性：正社員になる試験、どうだった？

男性：試験、だめだったよ。（腰をおろしながら）これじゃ結婚できないね。

女性：わたし、うかったのよ。一人が正社員になれたんだから、それでいいじゃない。

男性：それもそうだね。

女性：そうよ。二人ともなれるまで待っていたら、いつ結婚できるかわからないわよ。

一名男子走到坐在咖啡廳裡的女子身旁。兩人似乎是公司的同事。

女性： 你升正式員工的考試，考得怎樣？

男性： 沒考過。（一面彎下腰）這下結不成婚了。

女性： 我考上了。有一個升正職人員，這樣就夠啦。

男性： 那倒也是。

女性： 是啊。要等到兩個人都升正職人員，天曉得要什麼時候才能結婚！

会話練習　曲目07-4

　　前のページのマンガの二人は、正社員になれたら結婚する約束をしていました。男性はだめでしたが、女性は自分だけでもなれたんだから結婚しようと言います。会話練習としては、完全でなくても一部でも実現したんだから先に進もう、という意見の言い方を練習してください。「〜だから、それでいい」と、「〜まで待っていたらいつになるかわからない」の練習です。下の会話の下線部①②に入れ替え語句の各①②を入れて練習してください。

　　在前一頁漫畫裡，兩人曾約定升正職人員後要結婚。男生考試沒過，女生則表示雖然只有自己一人，但總是有人考上了，所以還是結婚吧。在會話練習中，練習看看如何表達「雖然不完全，但至少已實現部分，所以還是繼續下一步」的意見。練習的句型是「〜だから、それでいい（〜，這樣就夠了）」和「〜まで待っていたらいつになるかわからない（要等到〜，不知道還要等多久）」。請把各代換詞句中的①②分別放到下面會話底線部分①②裡，練習說說看。

> A：①<u>一人が正社員になれた</u>んだから、それでいいじゃありませんか。
>
> B：それもそうですね。
>
> A：そうですよ。②<u>二人ともなれる</u>まで待っていたら、いつになるかわかりませんよ。

A：①<u>有一個升正職人員</u>，這樣就夠了吧。

B：那倒也是。

A：是啊。要等到②<u>兩個人都升正職人員</u>，不知道要等到什麼時候！

■入れ替え語句

1　①単位がとれた

　　②Aがたくさんもらえる

2　①過半数が賛成した
　　②全員が賛成する

3　①部屋をかりるお金ができた
　　②家が買える

■代換詞句

1　①有拿到學分
　　②能拿到很多A

2　①有過半數贊成
　　②所有人都贊成

3　①有錢租房子
　　②買得起房子

会話1　曲目08-2

男性：こんどこの会社に変わりました。どうぞよろしく。（名刺をわ
だんせい　　　　　かいしゃ　か　　　　　　　　　　　　　　　　めいし

　　たす）

女性：あら。これ、前の会社でしょう？
じょせい　　　　　まえ　かいしゃ

男性：あ、裏を見てください。＿＿＿＿＿＿＿裏に印刷をしました。
だんせい　　　うら　み　　　　　　　　　　　　　　　　うら　いんさつ

男：我現在換到這家公司了。還請多多關照。（遞名片）

女：咦，這不是以前的公司嗎？

男：啊，請看背面。_____印在背面。

みぎ　　　　　　　てんすう
＊右にあるのは点数です。①が入れられれば　２点、②もできたら計４点、⑤まで入れ
ることができたら10点です。⑥ は自分の答えです。

　右邊的數字是分數。答出①可得2分，①和②都答對共得4分，①到⑤都答出來就有

　10分。⑥是你自己的答案。

転職する人も多くなっていますが、^(注)省エネ時代なので、勤め先が変わっても、新しい名刺を作らずに古い名刺の裏を使おうという人がいるかもしれません。

上の会話の下線部分に入れる語句をいろいろ考えてください。初めは答えを見ないで入れてみてください。答えは１つではありません。いろいろ考えて入れてください。そのあとで答えを見てください。たくさん答えると点数が上がります。

換工作的人變多了，在這節能時代，說不定真有人想要在換了工作後，不做新名片，而用舊名片的背面來印呢。

想想看上面會話的底線部分可以填些什麼詞語。先別看解答，自己填填看。答案不只一個，多想幾個來填。之後再看解答。答得越多分數就越高。

^(注)省エネ＝省エネルギー：指有效率地使用エネルギー（energy、能源）。也指降低及刪減不必要的能源消耗。

入社試験での試験官と受験生のやりとりです。

試験官1：ほかに人よりよくできることがありますか。

受験生　：はい、あります。省エネです。

試験官2：たとえばどんなことですか。

受験生　：新聞は買いません。電車の中でほかの人のを読みます。

試験官1：じゃ、どんなことにお金を使いますか。

受験生　：銀行に預金します。

試験官2：うちの銀行に預金していますか。

受験生　：まだです。採用になって給料をもらったら預金します。

試験官1：じゃ、採用にならないとだめですね。

就職面試時，主考官與面試者的對話。

主考官1：你有沒有其他過人之處？

面試者：有，我比別人更節約能源。

主考官2：例如什麼？

面試者：我不買報紙。我都在電車裡看別人的報紙。

主考官1：請問你的錢都用在哪方面？

面試者：存到銀行。

主考官2：你在我們銀行有存款嗎？

面試者：還沒有。如果被錄取，領到薪水就去存。

主考官1：那沒被錄取就不要囉？

会話練習　曲目08-4

　　もう何かしたかとAに聞かれて、Bは一定の条件がそろったらすると返事をします。実現しそうもない条件なのでAはあきれるという会話です。文型としては、「〜たら」と「〜ないと」の練習です。

　　這個會話是A問B有沒有做好某件事，B回答若具備一定的條件就去做。結果是幾乎不可能的條件，所以A覺得很受不了。要練習的句型是「〜たら（如果）」和「〜ないと（沒〜就）」。

A：①うちの銀行に預金していますか。

B：まだです。②採用になって給料をもらったら、預金します。

A：じゃ、③採用にならないとだめですね。

A：你①在我們銀行有存款嗎？

B：還沒有。如果②被錄取，領到薪水就去存。

A：那③沒被錄取就不要囉？

■入れ替え語句

1　①結婚
　　②相手がみつかったら結婚
　　③みつからないと

2　①受験勉強
　　②入れそうな大学がみつかったら勉強
　　③みつからないと

3　①貯金
　　②たからくじが当たったら貯金
　　③当たらないと

■代換詞句

1　①結婚了
　　②找到對象就結婚
　　③沒找到就

2　①有在準備考試
　　②找到看起來考得上
　　　的大學就去準備
　　③沒找到就

3　①有在存錢
　　②中了彩券就去存
　　③沒中就

第❾課：メタボ時代

（代謝症候群時代）

会話１ 曲目09-2

レストランでの客とウエートレスの会話です。

ウエートレス：ご注文、おきまりですか。

客：ちょっと待って。メタボ＿＿＿＿＿＿今カロリーの計算をしてい

るんだ。

餐廳裡顧客和女服務生的對話。

女服務生：您決定好要點什麼了嗎？

顧　　客：等一下。_____代謝症候群，正在算卡路里。

会話Ⅰの下線部分に入る答え　會話Ⅰ解答

①にならないように（我為了預防）………………………2点

②になるといけないから（我怕變成）………………………2点

③が心配だから（我擔心）………………………………2点

④になりそうだから（我可能會有）………………………2点

⑤に気をつけているので（我很注意）………………………2点

計10点

⑥その他（其他）………………………………………………？

＊右にあるのは点数です。①が入れられれば　2点、②もできたら計4点、⑤まで入れることができたら10点です。⑥は自分の答えです。

右邊的數字是分數。答出①可得2分，①和②都答對共得4分，①到⑤都答出來就有10分。⑥是你自己的答案。

「メタボ」は糖尿病などの成人病を一般に言うことばです。肥満が原因とされ、おなかが太りすぎないよう、気をつける人が多くなりました。

上の会話の下線部分に入れる語句をいろいろ考えてください。初めは答えを見ないで入れてみてください。答えは１つではありません。いろいろ考えて入れてください。そのあとで答えを見てください。たくさん答えると点数が上がります。

「代謝症候群」是泛指糖尿病等成人病的用語。據說原因出在過胖，所以現在很多人都很注意別讓自己的腰圍變得太粗。

想想看上面會話的底線部分可以填些什麼詞語。先別看解答，自己填填看。答案不只一個，多想幾個來填。之後再看解答。答得越多分數就越高。

メタボ：メタボリックシンドローム（metabolic　syndrome）的簡稱。代謝症候群
レストラン＝restaurant。餐廳
ウエートレス＝waitress。女服務生
カロリー＝calorie。卡路里。計算熱量的單位

会社での、課長と女性社員のやりとりです。

社員：課長、何をしてるんですか。

課長：腹のまわりをはかっているんだ。

社員：ああ、メタボの心配ですね。

　　　はかってあげましょうか。

課長：頼む。

社員：95センチ。

課長：ああ、よかった！1メートル

　　　以下なら安心だ。

社員：間違えました。1メートル5

　　　センチです。

公司裡課長和女職員的對話。

職員：課長，您在做什麼？

課長：我在量腰圍。

職員：喔，您在擔心代謝症候群啊。我幫您量吧。

課長：麻煩妳了。

職員：95公分。

課長：太好了！1公尺以下就可以放心了。

職員：我看錯了。是1公尺又5公分。

会話練習　曲目09-4

　言い直しの練習です。Aが初めに言った数字を聞いてBは安心しますが、実は間違いだったのでAは言い直します。それを聞いてBががっかりする様子を表現してみてください。

　　　這是改口更正的練習。試著表達以下的情況：聽到A第一次說的數字，B放心不少。不過A又改口說自己講錯了。B聽了之後大失所望。

A：①腹のまわりは95センチです。

B：ああ、よかった！それなら②安心だ。

A：間違えました。③１メートル５センチでした。

A：①您的腰圍是95公分。

B：太好了！這樣就②放心了。

A：我看錯了。是③1公尺又5公分。

■入れ替え語句

1　①試験の残り時間は15分

　　②全部書ける

　　③５分

2　①全部で１万5000円

　　②お金は足りる

　　③15万円

3　①あたりくじは1223

　　②10万円もらえる

　　③1233

■代換詞句

1　①考試時間剩下15分鐘

　　②能全寫完了

　　③5分鐘

2　①總共是1萬5千圓

　　②夠付了

　　③15萬圓

3　①中獎號碼是1223

　　②中10萬圓了

　　③1233

第⑩課：値上げ時代

（漲價時代）

会話Ⅰ　　曲目10-2

※レストランで食事をしている男女が、テレビのニュースを見ながら話
している。

男性：漁業の人たちが※ストライキをしたそうですね。

女性：そう。燃料が上がったからお魚をとりにいっても、※コストが

　　　高くて、＿＿＿＿＿そうですよ。

在餐廳用餐的一男一女看著電視新聞交談。

男：聽說漁民罷工抗議。

女：是啊。燃料上漲了，所以聽說就算去捕魚，也會因為成本過高＿＿＿。

会話Ｉの下線部分に入る答え　會話Ｉ解答

①もうからない（賺不到錢）……………………………… 2点

②利益が上がらない（沒什麼利潤）……………………… 2点

③採算がとれない（虧本）………………………………… 2点

④赤字になってしまう（造成虧損）……………………… 2点

⑤利益が下回る（獲利偏低）……………………………… 2点

計10点

⑥その他（其他）……………………………………………？

＊右にあるのは点数です。①が入れられれば 2点、②もできたら計４点、⑤まで入れることができたら10点です。⑥は自分の答えです。

右邊的數字是分數。答出①可得2分，①和②都答對共得4分，①到⑤都答出來就有10分。⑥是你自己的答案。

※<u>ガソリン</u>の高騰を中心に、たくさんの物が値上がりしています。

上の会話の下線部分に入れる語句をいろいろ考えてください。初めは答えを見ないで入れてみてください。答えは１つではありません。いろいろ考えて入れてください。そのあとで答えを見てください。たくさん答えると点数が上がります。

汽油上漲，連帶許多東西都漲價了。

想想看上面會話的底線部分可以填些什麼詞語。先別看解答，自己填填看。答案不只一個，多想幾個來填。之後再看解答。答得越多分數就越高。

レストラン：＝restaurant。餐廳
ストライキ：＝strike。罷工
コスト：＝cost。成本、費用
ガソリン：＝gasoline。汽油

スーパーでの主婦たちと店員のやりとりです。

主婦1：このクッキー、値段は前と同じね。

主婦2：でも、なんだかちょっと軽いわね。

主婦1：8個入りが6個になったのよ。

主婦2：じゃ、値上げじゃないの。

店員：はあ、でも、このほうが食べすぎなくていいと言われる方もいるので。

主婦1：なによ、それ、皮肉？

店員：そんなことはありません。なにしろ小麦粉が値上がりしているので。

超市裡主婦們和店員的對話。

主婦1：這餅乾價錢跟以前一樣。

主婦2：可是感覺好像輕了一點。

主婦1：原來是8片裝改成6片了。

主婦2：這不是就是漲價嗎。

店員：是，不過也有人說這樣比較好，才不會吃過量。

主婦1：什麼話！你是在諷刺我嗎？

店員：沒這回事。反正就是因為麵粉漲價了啊。

　　Aの説明を聞いてBが非難します。Aが言い訳を試みます。「それはそうですが」は言い訳によく使われる表現です。Bが怒った調子で言い、Aがいっしょうけんめい言い訳する様子を実現してみてください。下線部分を下の語句と入れ替えてください。

　　　　聽到A的說明之後，B開口指責。A試著辯解。「それはそうですが（話雖如此）」是辯解時常用的表達方式。試著演出B氣沖沖地說話，A拼命解釋的情況。底線的部分請代換為下面的詞句。

A：値段は前と同じですが、①数が減ったのです

B：じゃ、値上げと同じじゃありませんか。

A：それはそうですが、②健康のためにいいと言う人もいますので。

A：價格跟以前一樣，只是①數量變少了。

B：那不就等於漲價了嗎？

A：話是沒錯，不過也有人說這樣②對健康比較好。

■入れ替え語句

1　①量が減った

　　②食べすぎにならなくて

2　①目方が少なくなった

　　②持ちやすくて

3　①材料がかわった

　　②食べやすくなって

4　①枚数が減った

　　②ダイエットに

・ダイエット：＝diet。（為健康或美容）節制飲食

■代換詞句

1　①量變少了

　　②不會吃過量

2　①重量變輕了

　　②攜帶方便

3　①材料變了

　　②吃起來更順口

4　①張數變少了

　　②對節食

第⓫課：異常気象時代

（異常氣象時代）

会話１ 曲目11-2

土地を買う夫婦を不動産会社の社員が案内している。

社員：このへんは静かで安全です。

妻　：でも、向こうに川があるわ。

夫　：そうだ。急に大雨が降って＿＿＿＿＿あぶないから、ここはや

　　　めよう。

房地產公司的職員正在向要買土地的夫妻進行介紹。

職員：這一帶既安靜又安全。

太太：可是對面有一條河。

丈夫：對啊。要是突然下大雨＿＿＿＿＿很危險，這裡不要了。

会話Ⅰの下線部分に入る答え　會話Ⅰ解答

①川の水が増えたら（河水上升）……………………2点

②川の水があふれたら（河水氾濫）……………………2点

③洪水になったら（變成水災）……………………2点

④川が急に増水したら（河水暴增）……………………2点

⑤川の水がここまで来たら（河水流到這裡）……………………2点

計10点

⑥その他（其他）……………………?

＊右にあるのは点数です。①が入れられれば　2点、②もできたら計4点、⑤まで入れることができたら10点です。⑥は自分の答えです。

右邊的數字是分數。答出①可得2分，①和②都答對共得4分，①到⑤都答出來就有10分。⑥是你自己的答案。

世界各地で大きな地震や洪水が起きています。温暖化の影響による異常気象といわれています。最近、日本でも大雨で突然川の水が増えて岸で遊んでいた人が流される事故がありました。

上の会話の下線部分に入れる語句をいろいろ考えてください。初めは答えを見ないで入れてみてください。答えは１つではありません。いろいろ考えて入れてください。そのあとで答えを見てください。たくさん答えると点数が上がります。

世界各地發生大地震和水災，據說這是地球暖化所引起的異常氣象。最近日本也發生了大雨造成河川水位暴增，沖走岸邊遊客的意外事件。

想想看上面會話的底線部分可以填些什麼詞語。先別看解答，自己填填看。答案不只一個，多想幾個來填。之後再看解答。答得越多分數就越高。

男性と女性が、会社の仕事で次に会う日を相談している。

女性：この次は来週の金曜日にしましょうか。

男性：大雨で電車が止まったらどうしましょう。

女性：そうしたら次の金曜日にしましょう。

男性：地震があったらどうしますか。

女性：電話で相談して決めましょう。

男性：大地震で電話が通じなかったら？

女性：（いらいらして）そしたら、この話はやめましょう。

一男一女正在討論下次見面洽公的日期。

女：下次就訂在下星期五好不好？

男：要是下大雨電車停駛怎麼辦？

女：那樣的話就改到下一個星期五。

男：要是發生地震怎麼辦？

女：那就電話聯絡再決定。

男：要是大地震電話不通呢？

女：那樣的話，這件事就別談了。

会話練習　曲目11-4

　「……たら」を使う練習です。漫画では、男性があまり心配しすぎるので女性は面倒くさくなって次の会合をやめようと言いますが、練習ではBが怒ってやめることはありません。入れ替え語句の１.は旅行、２.は買い物、３.は書類のことです。下線部分を下の語句と入れ替えてください。みなさんもほかの場合を考えてみてください。

　　這是運用「……たら」的練習。在漫畫中，男子擔心過頭，讓女子覺得很麻煩，說要取消下次見面。不過在練習裡B不會氣到要取消。代換詞句中1.談的是旅行，2.談的是購物，3談的是文件。請把底線的部分代換為下面的詞句。大家也想想看有沒有其他情況可以適用。

65

A：①<u>大雨で電車が止まったら</u>、どうしましょう。

B：電話で相談して決めましょう。

A：大地震で電話が通じなかったら、どうしましょう。

B：そしたら、②<u>この話はやめましょう</u>。

A：①<u>要是下大雨電車停駛怎麼辦？</u>

B：那就電話聯絡再決定。

A：要是大地震電話不通怎麼辦？

B：那樣的話，②<u>這件事就別談了</u>。

■入れ替え語句

1　①洪水で電車がとまったら
　　②旅行を中止しましょう

2　①値段が安くならなかったら
　　②買うのをやめましょう

3　①さがしても見つからなかったら
　　②もう一度作りましょう

■代換詞句

1　①要是發生水災電車
　　　停駛
　　②就中止旅行吧

2　①要是價錢沒降下來
　　②就別買了

3　①要是找也找不到
　　②就重做一份吧

第⑫課：コメ不安時代

（稲米安全疑慮時代）

会話１ 曲目12-2

主婦が庭で畑仕事をしているのを見て、隣家の男性が話しかける。

男性：花をやめて何を作るんですか。

主婦：おコメです。このごろは安心しておコメを食べることができな

いんで、＿＿＿＿＿ことにしたんです。

隔壁男子看到主婦在庭院種植物，開口詢問。

男子：妳不種花，要改種什麼？

主婦：種稻米。最近的米讓人吃得不安心，所以我決定_____。

会話1の下線部分に入る答え　會話1解答

①自分でおコメを作る（自己種稻米）……………………2点

②自分でおコメを育てる（自己栽培稻米）……………………2点

③うちの庭でおコメを作る（在自家庭院種稻米）…………2点

④安心して食べられるおコメを作る（種點可以安心吃的稻米）

　　　　………………………………………………2点

⑤お店のおコメは買わない（不買店裡的米）……………2点

計10点

⑥その他（其他）………………………………………？

＊右にあるのは点数です。①が入れられれば　2点、②もできたら計4点、⑤まで入れることができたら10点です。⑥は自分の答えです。

右邊的數字是分數。答出①可得2分，①和②都答對共得4分，①到⑤都答出來就有10分。⑥是你自己的答案。

最近、カビが生えたコメや農薬が入っているコメを、食用だと言って売る会社が出ました。学校や病院などの給食のほか、お菓子や食品にも悪いコメを使ったものがあることがわかり、コメに対する不安が広がっています。

上の会話の下線部分に入れる語句をいろいろ考えてください。初めは答えを見ないで入れてみてください。答えは１つではありません。いろいろ考えて入れてください。そのあとで答えを見てください。たくさん答えると点数が上がります。

最近有一家公司把發黴或含農藥的米當作食用米來販售。後來得知除了學校營養午餐和醫院等地的膳食之外，部分點心和食品也使用這種惡質米，導致越來越多人對稻米的安全產生疑慮。

想想看上面會話的底線部分可以填些什麼詞語。先別看解答，自己填填看。答案不只一個，多想幾個來填。之後再看解答。答得越多分數就越高。

パン屋の店先で女性がパンを見ている。

女性：おコメは心配だからパンにしようかしら。

店員：いらっしゃいませ。このパン安いですよ。

女性：ちょっとほかのと違うわね。

店員：小麦粉が高いので、コメを入れたんです。

女性：せっかくおコメをやめたのに……。

店員：このパンは①いけないんですか。

女性：そう、②何にもならないわ。

一名女子在麵包店裡看著麵包。

女子：吃米不放心，我改吃麵包算了。

店員：歡迎光臨。這麵包很便宜喔。

女子：可是好像跟其他麵包不太一樣。

店員：因爲麵粉太貴，所以加了一些米。

女子：（面有不悅）虧我決定不吃米了……。

店員：這麵包不好嗎？

女子：是啊，根本沒用嘛。

①いけない：不好
②何にもならない：根本沒有用處。
＊這段會話是指決定不吃米飯也沒有意義

会話練習　曲目12-4

「せっかく……のに」を使って、努力がむだになったことを話す練習です。

　入れ替え語句の１は、期待をして勉強をした問題が出なかった場合、２は、走ってきたのに休講だった場合、３は、作ったお弁当をおいてきてしまった場合です。A、Bの下線部分を１、２、３の①、②の語句と入れ替えてください。みなさんもほかの場合を考えてみてください。

　練習用「せっかく……のに」來表示徒勞無功。

　代換詞句的1指考前猜題落空，2指趕著跑來結果碰到停課，3指做好便當卻忘了帶出門。請把1、2、3的①②代換到A、B的底線部分。自己也想想看還有沒有其他情況可以用。

A：せっかく①おコメをやめたのに……。

B：②このパンはいけないんですか。

A：そうです。何_{なん}にもなりません。

A：虧①我決定不吃米了……。

B：②這麵包不好嗎？

A：是啊。根本沒有用嘛。

■入_いれ替_かえ語句_{ごく}

1 ①ゆうべ勉強_{べんきょう}した

  ②ここは勉強_{べんきょう}しなかった

2 ①駅_{えき}から走_{はし}ってきた

  ②休講_{きゅうこう}を知_しらなかった

3 ①朝_{あさ}お弁当_{べんとう}を作_{つく}った

  ②うちに忘_{わす}れてきた

■代換詞句

1 ①我昨天那麼認真讀

  ②你沒讀到這部分

2 ①我從車站衝過來

  ②你不知道停課的事

3 ①我一早做了便當

  ②你忘了帶出來

第⑬課：経済不安時代

（經濟不安時代）

会話１　曲目13-2

課長が熱心に新聞を読んでいる。男性社員と女性社員二人がそれを見ながら小さい声で話している。

女性：株が下がったんで心配なんですって。

男性：へえ、課長、株、持ってるの。

女性：株なんかほんとは_____のに、損した、損したって大騒ぎしてるの。

課長正專心看報紙。男職員和女職員兩人望著課長小聲交談。

女性：課長說股價下跌，所以他很擔心。

男性：哦，課長手上有股票啊。

女性：其實股票_____，卻四處嚷嚷他損失慘重。

会話Ⅰの下線部分に入る答え　**會話Ⅰ解答**

①少ししか持っていない（他手上只有一點點）……………2点

②ほんの少し持ってるだけな（他手上只有一點點）………2点

③ほとんど持っていない（他根本沒多少）………………2点

④関係ない（跟他無關）………………………………2点

⑤買ったこともない（他從來也沒買過）………………2点

計10点

⑥その他（其他）…………………………………………？

＊右にあるのは点数です。①が入れられれば　2点、②もできたら計4点、⑤まで入れることができたら10点です。⑥は自分の答えです。

　　右邊的數字是分數。答出①可得2分，①和②都答對共得4分，①到⑤都答出來就有10分。⑥是你自己的答案。

最近、米国の市場から始まって株の暴落など、経済不安が広がっています。株や外国の銀行に預金のある人は損をしたと言っています。このマンガの課長は株などあまり持っていないのに*見栄を張っているのです。

上の会話の下線部分に入れる語句をいろいろ考えてください。初めは答えを見ないで入れてみてください。答えは１つではありません。いろいろ考えて入れてください。そのあとで答えを見てください。たくさん答えると点数が上がります。

最近源自美國的股市暴跌等情況，經濟不安持續擴大。有買股票或在外國銀行有存款的人都說賠了不少錢。這個漫畫裡的課長沒買多少股票，卻在那裡裝腔作勢。

想想看上面會話的底線部分可以填些什麼詞語。先別看解答，自己填填看。答案不只一個，多想幾個來填。之後再看解答。答得越多分數就越高。

*見栄を張る：爲了面子好看而裝模作樣

ビアホールの前で父とむすこが話している。そこへ偶然、母親が通りかかる。

むすこ：お父さん、このごろ①ゆううつそうだね。

父　　：株が暴落して、ビール飲む金もないよ。

むすこ：ぼくはアルバイトしたお金があるんだ。ここでビール飲もうよ。

母　　：あら、めずらしいところで会ったわね。

むすこ：ここでビールでも飲もうかと思って。お母さんもいっしょにどう？

母　　：いま飲んできたところ。株でもうけたから。②ウーイ。（いいごきげん）

啤酒館前一對父子正在交談。母親碰巧經過。

兒子：爸爸你這陣子好像情緒很低落。

父親：股票慘跌，我連喝啤酒的錢都沒有。

兒子：我有打工賺來的錢。進去喝一杯吧。

母親：咦，眞稀奇，居然會在這裡碰到你們。

兒子：我們正在說要進去喝一杯。媽媽一起來吧？

母親：我才剛喝過。因爲股票賺了一筆。嘿嘿。

①ゆううつ：憂鬱、鬱悶
②ウーイ：醉茫茫時發出的聲音

会話練習　　曲目13-4

　偶然会った人をさそう場面です。さそわれた人が何かの理由を言って
ことわります。「～たところ、（～する）ところ」の文型と、「またこの
次、さそってください」という表現を練習してください。
　B、Aの下線部分①、②を入れ替え語句1、2、3の①、②の語句と入
れ替えてください。みなさんもほかの場合を考えてみてください。

　　　對偶然遇到的人提出邀約的場面。受邀的人說出某些理由加以婉
　　拒。練習「～たところ（才剛～）、（～する）ところ（正要～）」
　　的句型，還有「またこの次、さそってください（下次吧）」的表達
　　方式。

　　　請在B、A的底線部分①、②套用上代換詞句1、2、3的①和②。
　　大家也想想看有沒有其他場合可以用。

A：めずらしいところで会いましたね。

B：ここで①ビールでも飲もうかと思うんです。いっしょにいかがですか。

A：いま②飲んできたところなんです。またこの次、さそってください。

A：眞稀奇，居然在這裡碰到你。

B：我正想進去①喝杯啤酒。要不要一起來？

A：我才剛②喝過。下次吧。

■入れ替え語句

1　①コーヒーでも飲もう
　　②飲んできた

2　①食事でもしよう
　　②食べてきた

3　①お茶でも飲もう
　　②急いで会社へ行く

■代換詞句

1　①喝杯咖啡
　　②喝過

2　①吃飯
　　②吃過

3　①喝杯茶
　　②要趕去公司

会話Ｉ　　曲目14-2

父親と子ども二人の食卓に、ウエートレス姿の母親が料理を運んでくる。

母親：ご注文のハンバーグ定食でございます。

子ども：あら、お母さん、どうしたの。

母親：ファミレスが高くなって行けないから、＿＿＿＿＿＿ために、うち

　　をレストランのようにしたの。

打扮成服務生的母親上菜給坐在餐桌旁的父子兩人。

母親：這是您點的漢堡肉套餐。

孩子：咦？媽媽，這是做什麼？

母親：家庭式餐廳太貴不能去，為了＿＿＿＿＿＿，所以我把家裡弄成像餐廳

　　　一樣。

会話１の下線部分に入る答え　會話１解答

①お金を節約する（省錢）………………………………………２点

②外食しないで家で食べる（在家吃，不上館子）……………２点

③外食の気分を出す（營造上館子的氣氛）……………………２点

④外食したような気持ちになる（要有上館子的感覺）………２点

⑤寂しい気持ちにならない（不要有失落的感覺）……………２点

計10点

⑥その他（其他）………………………………………………？

＊右にあるのは点数です。①が入れられれば ２点、②もできたら計４点、⑤まで入れることができたら10点です。⑥は自分の答えです。

　　右邊的數字是分數。答出①可得2分，①和②都答對共得4分，①到⑤都答出來就有10分。⑥是你自己的答案。

円が高いために輸出も減り、燃料も高くなるなどで、一般の家庭でも、以前のように外食にお金を使うことができなくなっています。このマンガはこうした時代に生きるために工夫している主婦の姿を描いています。

上の会話の＿＿＿＿＿＿の部分に入れる語句をいろいろ考えてください。初めは答えを見ないで入れてみてください。答えは１つではありません。いろいろ考えて入れてください。そのあとで答えを見てください。たくさん答えると点数が上がります。

由於日圓上漲導致出口減少，燃料漲價等因素，現在一般家庭都不能像以前一樣花錢出去吃飯了。上面的漫畫就是描述主婦在這種時代所發揮的巧思。

想想看上面會話的＿＿＿＿部分可以填些什麼詞語。先別看解答，自己填填看。答案不只一個，多想幾個來填。之後再看解答。答得越多分數就越高。

　２軒のファミレスが近所で互いに競争。店の外の看板や張り紙を変えるなどしている。

店長：そっちは入っているか。

男子店員（ケータイで）：ええ。今日は定食10円値下げしています。

店長：じゃ、こっちは15円値下げしよう。

男子店員（ケータイで）：今度は15円値下げになりました。

店長：じゃ、16円値下げだ。

女子店員：何回も変えるより、一度に20円値下げしたらどうでしょう。

店長：それもいいけど、20円下げたら、時給も下げることになるよ。

2間開在附近的家庭式餐廳彼此競爭，常更換店外的看板或海報。

店　長：他們客人很多嗎？

男店員（手機通話）：嗯。今天套餐降價10日圓。

店　長：那我們就降價15日圓。

男店員（手機通話）：現在他們降價15日圓了。

店　長：那我們就降16日圓。

女店員：與其改那麼多次，不如一次降價20日圓如何？

店　長：也可以啊，不過降20日圓的話，時薪也會降喔。

会話練習　曲目14-4

　Aが新しい提案をします。Bは「それもいいけど」と一度は認めますが、その後に、Aが賛成できないような条件を出します。「それもいいけど」という表現と、「〜たら、〜ことになる」の文型を練習してください。

　下のA、Bの下線部分①、②、③を入れ替え語句1、2、3の①、②、③の語句と入れ替えてください。

　　　A提出新的建議案。B先同意說「也可以」，之後補上A無法贊成的條件。練習「それもいいけど（也可以）」的表達方式和「〜たら、〜ことになる（如果〜就會〜）」的句型。

　　　請在A、B的底線部分①、②、③套入代換詞句1、2、3的①、②、③。

A：^①何回も変えるより、^②一度に20円値下げしたらどうでしょう。

B：それもいいですけど、そうしたら、^③時給も減らすことになりますよ。

A：^①改那麼多次，不如^②一次降價20日圓如何？

B：也可以啊，不過如果這樣，^③時薪也會降喔。

■入れ替え語句

1　①来月売り出す
　　②今月の売り出しに
　　③毎日残業してもらう

2　①自分たちで料理する
　　②レストランからとるように
　　③パーティーの会費は２倍という

3　①先生、来週提出
　　②来月提出に
　　③レポートの長さは２倍という

■代換詞句

1　①下個月上市
　　②這個月推出
　　③你每天都得加班

2　①我們自己做菜
　　②從餐廳買來
　　③餐會的會費要加倍

3　①老師，下星期交
　　②下個月交
　　③報告的字數要加倍

会話Ⅰ　曲目15-2

大学の＊キャンパスで、女子学生が心配そうな顔をした男子学生に話しかけている。

女子学生：どうしたの。

男子学生：内定もらったんだけど、あとで取り消し＿＿＿＿＿と思って、よく眠れないんだよ。

大學校園內，女學生對著憂心忡忡的男學生說。

女學生：怎麼了？

男學生：我接到內定錄用通知，可是一想到_____取消，晚上都睡不
好。

＊キャンパス：＝campus。(大學的)校園

会話 I の下線部分に入る答え　會話 I 解答

①になるかもしれない（說不定會）……………………………2点

②されるかもしれない（說不定會被）…………………………2点

③になるんじゃないか（可能會）………………………………2点

④されるんじゃないか（可能會被）……………………………2点

⑤になったらどうしよう（要是〜怎麼辦）…………………2点

計10点

⑥その他（其他）………………………………………………？

＊右にあるのは点数です。①が入れられれば　2点、②もできたら計4点、⑤まで入れ
ることができたら10点です。⑥は自分の答えです。

右邊的數字是分數。答出①可得2分，①和②都答對共得4分，①到⑤都答出來就有
10分。⑥是你自己的答案。

企業の営業成績がわるいため、一度就職の非公式な決定（内定）をもらった学生に「内定取り消し」を出す例が多くなり、社会で問題になっています。漫画は学生の不安を描いたものです。

上の会話の＿＿＿＿＿＿＿の部分に入れる語句をいろいろ考えてください。初めは答えを見ないで入れてみてください。答えは１つではありません。いろいろ考えて入れてください。そのあとで答えを見てください。たくさん答えると点数が上がります。

由於公司行號業績不振，有不少已獲得公司內部非正式決定錄用（內定）的學生被「取消內定」，形成社會問題。漫畫所描述的就是學生忐忑不安的心情。

想想看上面會話的＿＿＿部分可以填些什麼詞語。先別看解答，自己填填看。答案不只一個，多想幾個來填。之後再看解答。答得越多分數就越高。

気の弱そうな息子が母親に内定取り消しを*¹訴えている。

息子：内定取り消しになったよ。

母親：そう。

息子：どうしよう。

母親：また就職活動すればいいのよ。

息子：（電話を受けながら）彼女が、内定取り消しなら婚約も取り消しだって。どうしよう。

母親：また結婚活動すればいいのよ。

息子：*²そんなァ……。

看起來有點怯懦的兒子向母親抱怨內定錄用遭取消的事。

兒子：我的內定錄用被取消了。

母親：喔。

兒子：怎麼辦？

母親：再去找工作不就得了。

兒子：（邊講電話）我女朋友說我被取消內定錄用的話，她也要取消婚約。怎麼辦？

母親：再去找老婆就好了。

兒子：哪那麼簡單啊！

*¹訴えている：「訴える」指向對方訴苦，希望獲得同情

*²そんなア：意思是「そんなことはできないよ（這種事我做不來）」。用來表示強烈否定對方所說的話

会話練習　曲目15-4

　　Aが困った状況を訴えます。Bはそれは大したことではないという調子でもう一度やってみるようにと言います。「～すればいいんです」という文型を練習してください。演じるときは、Aは悲観的に、Bは楽観的に。最後のAは２つありますので、漫画の息子のように「そんなア」とがっかりするか、「そうですね、そうします」と明るく答えるか、選んでください。

　　下のA、Bの下線部分①、②、③を入れ替え語句１、２、３の①、②、③の語句と入れ替えてください。

　　　　A抱怨自己的困境，B則以沒什麼大不了的口吻，叫A重新來過。練習「～すればいいんです」的句型。演的時候A要悲觀點，B要顯得樂觀。最後A的台詞有兩種，你可以選擇像漫畫中兒子一樣唉聲嘆氣地說「怎麼可能啊！」，或是積極開朗地說「說的也是，就這麼辦」。

　　　　請在A、B的底線部分①、②、③，套入代換詞句１、２、３中①、②、③的詞句。

A：①内定が②取り消しになったんです。

B：そうですか。③また就職活動すればいいんですよ。

A¹：そんなア……。

A²：そうですね、そうします。

A：我①内定錄用②被取消了。

B：喔。③再去找工作不就得了。

A¹：說得簡單！

A²：說的也是，就這麼辦。

■入れ替え語句

1　①採用試験

　　②不採用

　　③また来年応募

2　①入学試験

　　②不合格

　　③ほかを受験

3　①卒業

　　②単位不足でだめ

　　③来年卒業

■代換詞句

1　①應徵工作

　　②被刷下來

　　③明年再去應徵

2　①入學考

　　②落榜

　　③再考別間學校

3　①畢業

　　②因爲學分不夠泡湯

　　③明年再畢業

第⑯課：介護時代
かい ご じ だい

（看護時代）

会話1　　曲目16-2

息子：お母さん、おふろ、手伝ってあげようか。
むすこ　　　　かあ　　　　　　　　　てつだ

母親：一人で入れるよ、どうして？
ははおや　ひとり　はい

息子：介護ができるようにしておくと、就職の時に＿＿＿＿＿と思っ
むすこ　かいご　　　　　　　　　　　　　　しゅうしょく　とき　　　　　　　　　おも
　　　　て。

91

兒子：媽媽，我幫妳洗澡吧。

母親：我一個人就行了。為什麼突然這麼說？

兒子：我想說如果我懂得看護，要就業時_____。

＊右にあるのは点数です。①が入れられれば　2点、②もできたら計4点、⑤まで入れることができたら10点です。⑥は自分の答えです。

右邊的數字是分數。答出①可得2分，①和②都答對共得4分，①到⑤都答出來就有10分。⑥是你自己的答案。

景気が悪くなって、会社をやめさせられる人が多くなり、いっぽう病人やお年寄りの介護つまり世話をする人が足りないので、職をなくした人が介護の仕事につくことも始まっています。上の会話は大学生の息子が、就職のことを考えてお母さんの世話を始めたという話です。

上の会話の＿＿＿＿＿＿＿＿の部分に入れる語句をいろいろ考えてください。初めは答えを見ないで入れてみてください。答えは1つではありません。いろいろ考えて入れてください。そのあとで答えを見てください。たくさん答えると点数が上がります。

景氣低迷，許多人被公司裁員，而另一方面，照顧病患及老人的看護則人手不足，所以現在開始有些失業的人轉而從事看護工作。上面這段會話，就是在說讀大學的兒子考慮到就業的問題，於是開始照顧媽媽的生活起居。

想想看上面會話的＿＿＿部分可以填些什麼詞語。先別看解答，自己填填看。答案不只一個，多想幾個來填。之後再看解答。答得越多分數就越高。

太った男性が区役所などで就職の相談をしています。

男性：介護の仕事をしたいと思います。

窓口：じゃ、講習を受けて資格をとってください。

窓口：何か資格を持っていますか。

男性：実は調理師の資格を持っています。

窓口：それなら食堂の仕事がありますよ。

男性：いえ、食堂はだめです。

窓口：どうしてですか。

男性：食堂で働くと食べすぎて、体に悪いですから。

中廣體型的男子來到區公所進行就業諮商。

男子：我想從事看護的工作。

櫃台：那你應該要去參加講習，取得相關證照。

櫃台：你有沒有什麼證照？

男子：其實我有廚師證照。

櫃台：這樣的話，這裡有餐廳的工作。

男子：不，餐廳不行。

櫃台：為什麼？

男子：因為在餐廳工作會吃太多，對身體不好。

会話練習　曲目16-4

　　Aが親切に仕事などの提案をしますが、Bはそれはだめだと言います。Aが不思議に思って理由を聞くと、Bが意外な返事をします。「どうして？　〜から」という問答の型を練習してください。Bの答えを自分で考えて変えてもいいです。

　　下のA、Bの下線部分①、②を入れ替え語句１、２、３、４の①、②と入れ替えてください。

　　　　A好心提供工作機會之類的建議，但B卻說那不行。A納悶地詢問原因，B的回答十分出人意表。練習「為什麼？因為〜」這樣的問答句。你也可以把B的回答改成自創的版本。

　　　　請在下面A、B的底線部分①、②，套入代換詞句1、2、3、4中①、②的詞句。

A：<ruby>食堂<rt>しょくどう</rt></ruby>の<ruby>仕事<rt>しごと</rt></ruby>がありますよ。

B：いえ、①<ruby>食堂<rt>しょくどう</rt></ruby>はだめです。

A：どうしてですか。

B：②<ruby>食堂<rt>しょくどう</rt></ruby>で<ruby>働<rt>はたら</rt></ruby>くと<ruby>食<rt>た</rt></ruby>べすぎて、<ruby>体<rt>からだ</rt></ruby>に<ruby>悪<rt>わる</rt></ruby>いですから。

A：這裡有①餐廳的工作機會。

B：不，①餐廳不行。

A：爲什麼？

B：因爲②在餐廳工作會吃太多，對身體不好。

■<ruby>入<rt>い</rt></ruby>れ<ruby>替<rt>か</rt></ruby>え<ruby>語句<rt>ごく</rt></ruby>

1　①ビルの<ruby>窓<rt>まど</rt></ruby>ふき
　　②<ruby>高<rt>たか</rt></ruby>い<ruby>所<rt>ところ</rt></ruby>はこわいです

2　①<ruby>家庭教師<rt>かていきょうし</rt></ruby>
　　②<ruby>勉強<rt>べんきょう</rt></ruby>はきらいです

3　①<ruby>店員<rt>てんいん</rt></ruby>
　　②にこにこできません

4　①<ruby>配達<rt>はいたつ</rt></ruby>
　　②<ruby>道<rt>みち</rt></ruby>にまよってしまいます

■代換詞句

1　①大樓洗窗戶
　　②不敢站在高的地方

2　①家教
　　②討厭讀書

3　①店員
　　②我不會笑臉迎人

4　①送貨
　　②我會迷路

第⓱課：不安の時代

（不安的時代）

会話 I 　曲目17-2

男性：ぼくの気持ちは変わりませんよ。

女性：でも、なんだか不安です。

男性：ぼくは政治家じゃありませんから、一度言ったことを＿＿＿＿＿

　　　ようなことはしません。

男：我的心意不變。

女：可是我總覺得有點不安。

男：我不是政治家，講過的話不會＿＿＿＿＿＿。

会話１の下線部分に入る答え　會話１解答

①あとで変更する（之後又改口）……………………………………２点
②あとで取り消す（之後又收回）……………………………………２点
③あとで否定する（之後又否認）……………………………………２点
④忘れてしまう（忘記）………………………………………………２点
⑤すぐ忘れてしまう（馬上忘記）……………………………………２点

計10点

⑥その他（其他）……………………………………………………？

＊右にあるのは点数です。①が入れられれば　２点、②もできたら計４点、⑤まで入れることができたら10点です。⑥は自分の答えです。

右邊的數字是分數。答出①可得2分，①和②都答對共得4分，①到⑤都答出來就有10分。⑥是你自己的答案。

政治家の言うことは＊あてにならないし、就職の内定をもらっても取り消されるかもれない、就職しても会社がつぶれるかもしれない、という不安の時代です。愛の告白も信じられないという女性の気持ちもわかりますが、男性は変わらない愛をちかっています。

男性のことばの＿＿＿＿＿の部分に適当な語句を入れてみてください。答えは１つではありません。そのあとで答えを見てください。たくさん答えると点数が上がります。

現在是很不安的時代：政治家說的話靠不住，找工作時就算公司內定錄取也可能會被取消，即使找到工作，公司也可能會倒閉。這男生瞭解女生連愛的告白也無法信任，不過還是發誓自己的愛永遠不變。

想想看男生台詞的＿＿＿＿部分可以填些什麼詞語。答案不只一個。答完再看解答。答得越多分數就越高。

＊あてにならない：不能信任

小規模な友人どうしの祝賀会の場面です。

女性：就職おめでとう。みんなで乾杯しましょう。

数人の友人：おめでとう。

女性：よかったわね。（ワインをつごうとする）

男性：あ、お酒は半分にして。

女性：どうして。

男性：こんな時代だから、就職がきまったからといって、安心はできないよ。

友人たち：ほんとだね。ぼくたちも半分にしよう。

100

在小型的朋友慶祝會上。

女子：恭喜你就業。大家乾杯。

數名友人：恭喜恭喜。

女子：眞是太好了。（正要倒葡萄酒）

男子：啊，我的酒倒半杯就好。

女子：爲什麼？

男子：這種時代，雖然找到工作，但也不能就此放心。

友人們：眞的耶。我們也倒半杯就好。

会話練習　曲目17-4

　お祝いのワインも半分にしようという祝賀会です。「〜からといって〜ない」という文型の練習をしてください。最後のBの返事は「そんなに心配しなくてもいいですよ」と変えてもいいです。

　下のA、Bの下線部分①、②を入れ替え語句１、２、３、４の①、②と入れ替えてください。

　　　這是一場打算連舉杯慶祝的葡萄酒都只喝半杯的慶祝會。練習「雖然說〜但也不」的句型。也可以把最後B的回答改成「何必那麼擔心呢」。

　　　請在A、B的底線部分①、②，套入代換詞句1、2、3、4中①、②詞句。

> Ａ：①<u>お酒は半分</u>にしてください。
>
> Ｂ：どうしてですか。
>
> Ａ：こんな時代ですから、②<u>就職がきまった</u>からといって、安心はできません。
>
> Ｂ：ほんとうにそうですね。じゃ、①<u>お酒は半分</u>にしましょう。

Ａ：麻煩①<u>酒倒半杯</u>。

Ｂ：爲什麼？

Ａ：這種時代，雖然②<u>找到工作</u>，但也不能就此放心。

Ｂ：眞的是這樣耶。那就①<u>酒倒半杯</u>吧。

■入れ替え語句

1　①お祝いはやめ
　　②内定をもらった

2　①お祝いはあと
　　②試験に合格した

3　①お祝いは半分
　　②婚約できた

4　①ごはんは少し
　　②手術が成功した

■代換詞句

1　①別慶祝了
　　②公司通知決定錄用

2　①慶祝的事以後再説
　　②通過考試

3　①賀禮送一半
　　②訂婚

4　①飯少一點
　　②手術成功

第⑱課：地球温暖化時代

（地球暖化時代）

会話１　曲目18-2

父　　：その冬服、捨ててしまうの。

むすめ：そう。地球がどんどん温暖化していくから、冬の服は＿＿＿＿＿＿
＿＿＿と思って。

父親：那些冬天的衣服要丟掉啊？

女兒：是啊。地球暖化越來越嚴重，我想冬天的衣服＿＿＿＿＿＿＿。

会話Ⅰの下線部分に入る答え　**會話Ⅰ解答**

①いらなくなる（以後用不著了）……………………………2点

②必要でなくなる（以後不需要了）………………………2点

③少なくてもいい（少一點也好）…………………………2点

④あまり着なくなる（以後不太會穿）……………………2点

⑤たくさんいらない（不必太多件）………………………2点

計10点

⑥その他（其他）……………………………………………？

＊右にあるのは点数です。①が入れられれば 2点、②もできたら計4点、⑤まで入れることができたら10点です。⑥は自分の答えです。

右邊的數字是分數。答出①可得2分，①和②都答對共得4分，①到⑤都答出來就有10分。⑥是你自己的答案。

地球の温暖化の影響で、一般に温度が高くなっています。*1気の早い人は*2冬のものはあまりいらなくなると思うかもしれません。とくに都会などで住宅がせまい場合は*3どんどん冬のものを捨てる人もいると思われます。

むすめのことばの＿＿＿＿＿＿の部分に適当な語句を入れてみてください。答えは１つではありません。そのあとで答えを見てください。たくさん答えると点数が上がります。

受到地球暖化的影響，溫度普遍上升。急性子的人說不定會覺得冬天的衣服以後都不太用得上了。尤其是都會區房子窄小，有些人可能就會一件又一件地把冬天的衣服丟出去。

請在女兒對話中＿＿＿＿＿＿部分填入適合的詞語。答案不只一個。答完再看解答。答得越多分數就越高。

*1 気の早い：形容個性急躁，一想到什麼就要立刻去做。
*2 冬のもの：冬天穿的服飾。
*3 どんどん：形容一步步積極行事的樣子。

バーゲンの売り場での会話です。

夫：ぼく、来年の^{*1}オーバー、ほしいな。

妻：じゃ、^{*2}バーゲンで買いましょう。

夫：君のは？

妻：温暖化しているから、来年はオーバーいらないわ。

夫：そう。経済的でいいね。

妻：そのかわり、夏の服がいるから。

夫：うん。

妻：この店で買うわ。

夫：ここは高そうだけど……。

106

在特賣會場的對話。

夫：我想要一件明年穿的大衣。

妻：那就在特賣會買吧。

夫：那妳呢？

妻：現在地球暖化，我明年不必穿大衣
　　了。

夫：也對。這樣比較經濟。

妻：不過得要有一些夏天的衣服才行。

夫：嗯。

妻：所以我要在這間店買。

夫：可是這間店看起來很貴耶……。

*¹オーバー：＝overcoat。大衣
*²バーゲン：＝bargain　sale。降價促
　　　　　　銷、拍賣

会話練習　🎵18-4

　　夫にはバーゲンの安いオーバーを買い、自分は高い夏服を買う妻。夫と妻を逆にしてもけっこうです。Aが自分の要求を強く言い、Bは弱い調子で不満を述べます。Aは*知らん顔をします。「～から」と「～けど」の文型の練習をしてください。

　　入れ替え練習の1は社員と課長、2は学生と先生、3はアルバイトと店長の会話です。下のA、Bの下線部分①、②、③を入れ替え語句1、2、3の①、②、③と入れ替えてください。

　　　給老公買特賣會的廉價大衣，給自己買昂貴夏裝的老婆。夫妻角色對調也可以。A強勢地說出自己的要求，B喃喃地表達不滿，A就來個裝聾作啞，相應不理。練習「～から」和「～けど」的句型。

　　　代換練習中，1是職員和課長的對話，2是學生和老師，3是工讀生和店長。請在下面A、B對話底線部分①、②、③中，套入代換詞句1、2、3的①、②、③。

*知らん顔：＝「知らない顔」。故作不知、裝蒜

A：①夏の服がたくさんいるから。

B：うん。

A：②このお店で買うわ。

B：③ここは高そうだけど……。

A：①我需要很多夏天的衣服。

B：嗯。

A：所以②我要在這間店買。

B：③可是這間店看起來很貴耶……。

■入れ替え語句

1　①課長は＊¹メタボだ
　　②＊²ステーキは小さいのがいいです
　　③君のはずいぶん大きい

2　①わたし、もう就職がきまった
　　②宿題はやりません
　　③内定取り消しもある

3　①それは落とすとこわれます
　　②店長が運んだほうがいいです
　　③これ、ずいぶん重い

■代換詞句

1　①課長是過胖的代謝症候群
　　②牛排小塊一點比較好
　　③你的牛排好大一塊喔

2　①我已經找到工作了
　　②作業不寫了
　　③公司內定錄取也有可能
　　取消

3　①那個一摔就會壞掉
　　②店長來搬比較好
　　③這很重耶

＊¹メタボ：＝metabolic　syndrome。代謝症候群。（俗話指）腰圍過粗、過胖的人

＊²ステーキ：steak。肉排。一般指牛排

第⑲課：感染時代

（感染時代）

会話 I　曲目19-2

会社の近くの①スーパーの前での会話です。

女性社員：あら、課長、夕食のお買い物ですか。

課　　長：うん、家内が②人ごみは感染がこわいというんで、ぼくが

　　　　　＿＿＿＿＿＿＿んだ。

女性社員：たいへんですね。

在公司附近超市前的一段對話。

女職員：課長，來買晚餐啊？

課　長：嗯，我老婆說怕人多的地方會被感染，所以我＿＿＿＿＿＿＿＿。

女職員：課長眞辛苦啊。

会話Ⅰの下線部分に入る答え　會話Ⅰ解答

①買って帰る（要買回去）……………………………………… 2点

②帰りに買い物をする（要在回家的路上買點東西）………… 2点

③買って帰ることになった（要負責買回去）………………… 2点

④かわりに買い物をする（要代替她來買東西）……………… 2点

⑤買って帰らないといけない（得買回去才行）……………… 2点

計10点

⑥その他（其他）……………………………………………………？

＊右にあるのは点数です。①が入れられれば 2点、②もできたら計4点、⑤まで入れることができたら10点です。⑥は自分の答えです。

　　右邊的數字是分數。答出①可得2分，①和②都答對共得4分，①到⑤都答出來就有10分。⑥是你自己的答案。

③インフルエンザの感染をふせぐために、あまり人の多いところに行かないように言われています。マンガの奥さんは極端で、買い物に行けないので、夫である課長はたいへんです。

課長のことばの＿＿＿＿の部分に適当な語句を入れてみてください。答えは１つではありません。そのあとで答えを見てください。たくさん答えると点数が上がります。

政府宣導要大家儘量別去人多的地方，以免感染流感。漫畫裡的太太過度極端，連出門買東西都不敢，當課長的老公可真辛苦。

請試著在課長說話的＿＿＿＿部分填入適合的詞語。答案不只一個。答完再看解答。答得越多分數就越高。

①スーパー：＝supermarket。超級市場、超市
②人ごみ：人潮擁擠的地方、人多的地方
③インフルエンザ：＝influenza。流行性感冒、流感

<ruby>会社<rt>かいしゃ</rt></ruby>での<ruby>課長<rt>かちょう</rt></ruby>と<ruby>社員<rt>しゃいん</rt></ruby>の<ruby>会話<rt>かいわ</rt></ruby>です。

<ruby>女子社員<rt>じょししゃいん</rt></ruby>：<ruby>課長<rt>かちょう</rt></ruby>、<ruby>会社<rt>かいしゃ</rt></ruby>でも④マスクしてるんですか。

<ruby>課長<rt>かちょう</rt></ruby>：うん。<ruby>海外旅行<rt>かいがいりょこう</rt></ruby>で、⑤くせになってしまってね。

<ruby>女子社員<rt>じょししゃいん</rt></ruby>：<ruby>課長<rt>かちょう</rt></ruby>、マスクをしてるんで、<ruby>話<rt>はなし</rt></ruby>がよく<ruby>聞<rt>き</rt></ruby>こえないの。

<ruby>男性社員<rt>だんせいしゃいん</rt></ruby>：いいじゃないか。

<ruby>女子社員<rt>じょししゃいん</rt></ruby>：どうして

<ruby>男性社員<rt>だんせいしゃいん</rt></ruby>：いつもの<ruby>文句<rt>もんく</rt></ruby>が<ruby>聞<rt>き</rt></ruby>こえなくて、たすかるよ。

<ruby>課長<rt>かちょう</rt></ruby>：（マスクをはずして）どうだ。よく<ruby>聞<rt>き</rt></ruby>こえるか？

公司裡課長和職員的對話。

女職員：課長在公司裡也戴口罩啊？

課　長：嗯，出國旅行時戴成習慣了。

女職員：課長戴口罩講話，人家都聽不清楚。

男職員：這樣不是很好嗎？

女職員：怎麼說？

男職員：聽不到平常的嘮嘮叨叨，簡直太棒了。

課　長：（脫下口罩）怎樣，這樣聽清楚了嗎？

④マスク：＝mask。口罩

⑤くせ：個人習慣性的動作或行為

会話練習　曲目19-4

「くせになってしまって」の練習です

　下のA、Bの下線部分①、②、③を入れ替え語句1、2、3の①、②、③と入れ替えてください。

　　「變成習慣了」的練習題。

　　　請在下面A、B對話底線部分①、②、③中，套入代換詞句1、2、3的①、②、③。

A：①会社でもマスクをしているんですか。

B：ええ、②海外旅行で、くせになってしまって。

A：そうですか。でも、③よく聞こえませんよ。

A：您①在公司也戴口罩啊？

B：是啊，②出國旅行時變成習慣了。

A：這樣啊。可是③講話都聽不清楚耶。

■入れ替え語句

1 ①まだ手を洗って
　②感染予防
　③人が順番を待っています

2 ①立って書類を読んで
　②満員電車
　③そこは通路です

3 ①歩きながら辞書をひいて
　②受験勉強
　③車が来ます

■代換詞句

1 ①還在洗手
　②爲了預防感染
　③人家等著用洗手台

2 ①都站著看書
　②搭客滿的電車時
　③這裡是走道

3 ①都邊走邊查字典
　②準備考試
　③有車子來

114

会話 1　曲目20-2

　向こうにホテルが見えます。その前が工事中で、高い①クレーンが立っています。それを車の窓から見ながら友人同士が会話をしています。

A：あのホテルに泊まるんでしょ？

B：うん、だけど、あのクレーンが倒れてきたら＿＿＿から、あそこはやめよう。

115

前面有一間飯店。飯店前在施工，有一台很高的吊車。兩個朋友望著車窗外的吊車交談。

A：我們要住那間飯店對不對？

B：嗯，可是，要是那台吊車倒下來_____，還是換別間吧。

会話Ｉの下線部分に入る答え　會話Ｉ解答

①たいへんだ（就糟了） ……………………………………… 2点

②大きな事故になる（可會變成重大事故） ………………… 2点

③あぶない（可危險了） ……………………………………… 2点

④死ぬかもしれない（搞不好會送命） ……………………… 2点

⑤車がつぶされる（車子會被壓扁） ………………………… 2点

計10点

⑥その他（其他） …………………………………………………？

＊右にあるのは点数です。①が入れられれば 2点、②もできたら計4点、⑤まで入れることができたら10点です。⑥は自分の答えです。

右邊的數字是分數。答出①可得2分，①和②都答對共得4分，①到⑤都答出來就有10分。⑥是你自己的答案。

工事場の高いクレーン^①が倒れてきて人が死ぬ事故や、大勢の生徒が泊まったホテルで②一酸化ガスが広がるなど、予想もできない大きな事故が最近次々に起こって、人の心を不安にしています。

　　上の会話の＿＿＿の部分に適当な語句を入れてみてください。答えは１つではありません。そのあとで答えを見てください。たくさん答えると点数が上がります。

　　　　最近陸續發生數起意想不到的重大事故，像工地的高吊車倒下來壓死人的事故，以及大批學生投宿的飯店發生一氧化碳外洩等，讓大家人心惶惶。

　　　　請試著在上面會話的＿＿＿部分填入適當的詞語。答案不只一個。答完再看解答。答得越多分數就越高。

①クレーン：＝crane。吊車、起重機
②一酸化ガス：「一酸化炭素」。CO。一氧化碳

夫婦が旅行の相談をしています。

妻：ここにしましょうよ。

夫：ここは、前に事故があったからなあ。

妻：じゃ、こっちの海岸にしましょうか。

夫：そこはいつか船が沈んだんだ。

妻：じゃ。どこにするの。ここはだめ、あそこはだめじゃ、行くところがないわ。

夫：そうだね。旅行はやめようか。

妻：そんなのいやよ。わたし一人で行くわ。

夫：待って！家で一人で帰りを待っているのはこわいよ。

一對夫妻正在討論去旅行的事。

太太：就這裡吧。

丈夫：這裡前陣子出過事呢。

太太：那就到這個海邊好了。

丈夫：這裡以前沉過船呢。

太太：不然要去哪裡？這裡不行，那裡不行，這樣沒地方可以去了。

丈夫：是啊，別去旅行好了。

太太：我才不要。我一個人去好了。

丈夫：等一下！我不敢一個人在家等妳回來。

沈んだんだ：＝「沈んだのだ」。沉沒。

「ここ、あそこ、この、あの」と「……じゃ」の練習です。下のA、Bの下線部分①、②、③、④を入れ替え語句1、2、3の①、②、③、④と入れ替えてください。夫が事故をこわがって反対ばかりするので妻は怒って、いっしょに行くのをやめるという会話です。次の会話は丁寧な話になっていますが、夫婦や友達同士として、前のマンガのような文体にしてもいいです。

　　練習「這裡、那裡、這、那」和「……這樣」。請在下面A、B的底線部分①、②、③、④填入代換詞句1、2、3的①、②、③、④。對話內容是描述丈夫擔心出事故，一個勁兒地反對，所以太太發火不跟他一起去了。下面的對話口氣比較客氣，你也可以用前面漫畫的文體，扮演夫妻或朋友的角色。

119

A：①<u>ここ</u>はだめ、②<u>あそこ</u>はだめじゃ、③<u>行</u>くところがありませんよ。

B：そうですね。④<u>旅行</u>はやめましょうか。

A：わたし一人で行きます。

A：①<u>這裡</u>不行，②<u>那裡</u>不行，這樣沒③<u>地方可以去</u>了。

B：說得也是，別④<u>去旅行</u>好了。

A：我一個人去。

■入れ替え語句

1　①ここ

　　②あそこ

　　③食事するところ

　　④外食

2　①この服

　　②あの服

　　③着ていくもの

　　④でかけるの

3　①この映画

　　②あの映画

　　③見に行く映画

　　④映画

■代換詞句

1　①這裡

　　②那裡

　　③地方可以吃飯

　　④吃外面

2　①這件衣服

　　②那件衣服

　　③衣服可以穿出去

　　④出門

3　①這部電影

　　②那部電影

　　③電影可以看

　　④看電影

第㉑課：選挙の時代

（選舉的時代）

会話１ 曲目21-2

若い女性が道で近所の老人男性に話しかけています。老人はやや頭が弱っている様子です。

若い女性：投票、おすみですか。

老人男性：あれ、何の投票ですか。こないだ投票した＿＿＿＿＿＿＿＿けど、きょうも何かあるんですかね。

一名年輕女子在路上對著住附近的老爺爺說話。老爺爺看起來頭腦有點退化。

年輕女子：您投完票了嗎？

老爺爺：那是投什麼票啊？＿＿＿＿＿＿前陣子去過投票，今天又要選什麼了嗎？

会話Ⅰの下線部分に入る答え　會話Ⅰ解答

①と思います（我想我）……………………………………2点

②ように思います（我好像）………………………………2点

③記憶があります（我記得）………………………………2点

④ような気がします（我覺得好像）………………………2点

⑤ばかりだと思います（我覺得才在）……………………2点

計10点

⑥その他（其他）………………………………………………？

＊右にあるのは点数です。①が入れられれば　2点、②もできたら計4点、⑤まで入れることができたら10点です。⑥は自分の答えです。

右邊的數字是分數。答出①可得2分，①和②都答對共得4分，①到⑤都答出來就有10分。⑥是你自己的答案。

毎日のように世界のどこかで大きな選挙が行われています。日本でも衆議院議員選挙や県知事・都議会議員の選挙などが続いています。小さい選挙では、クラスやグループの代表の選挙もあるでしょう。投票日が続くので、のんきな人はきょうが投票日であることを忘れているかもしれません。

上の会話の＿＿＿＿の部分に適当な語句を入れてみてください。答えは１つではありません。そのあと答えを見てください。たくさん答えると点数が上がります。

幾乎每天全世界都會有某個地方舉辦大規模的選舉。日本也是接二連三舉辦眾議院議員選舉、縣長及東京都議會議員的選舉等等。應該也有小規模的選舉，像班代表或社團代表的選舉。投票日接連不斷，這下個性比較散漫一點的人，說不定都會忘記今天是投票日。

請試著在上面會話的＿＿＿部分填入適當的詞語。答案不只一個。答完再看解答。答得越多分數就越高。

高校生が教室で話しています。

女子：来週も何かの投票があるね。

男子：そう。クラス・ナンバーワンの投票。

女子：あら、わたし立候補しなくちゃ。

男子：じゃ、ぼくの宿題、手伝って。

女子：どうして。

男子：友情ナンバーワンの選挙、つまり友達に親切な人を選ぶんだもの。

女子：手伝ってあげてもいいけど、間違いだらけかもよ。

男子：それはこまる。頼まないよ。

高中生在教室裡交談。

女生：下星期也有什麼選舉是吧。

男生：對。要選班上的第一名。

女生：唔，那我一定要去參選。

男生：那就幫我寫作業。

女生：為什麼？

男生：因為那是友情第一名的選舉，也就是要選對朋友親切熱心的人啊。

女生：我可以幫你寫，不過可能會錯誤連篇就是了。

男生：那可不成。不拜託妳了。

会話練習　曲目21-4

　語句を入れ替えて会話してください。Aが何かしてくれるように頼みます。Bは手伝う意思はあるけど、結果はよくないかもしれないと言うので、Aは頼むのをやめて自分でやることにします。「……てもいいけど、……かもしれない」という練習です。丁寧な会話にしましたが、マンガのように友達どうしの文体にしてもいいです。

　下のA、Bの下線部分①、②、③を入れ替え語句１、２、３、４の①、②、③と入れ替えてください。

　　　請套用詞句來練習會話。A拜託B幫忙某事。B有意願幫忙，但表示結果可能不理想，所以A決定自己來，不拜託別人。練習說「……てもいいけど、……かもしれない」（……也可以，只是說不定會……）。練習中是用較客氣有禮的說法，你也可以改成像漫畫一樣，用朋友之間的體裁口吻來說。

　　　請在下面A、B的底線部分①、②、③套入代換詞句１、２、３、４的①、②、③。

A：<ruby>数学<rt>すうがく</rt></ruby>の<ruby>宿題<rt>しゅくだい</rt></ruby>、①<ruby>手伝<rt>てつだ</rt></ruby>ってくれませんか。

B：②<ruby>手伝<rt>てつだ</rt></ruby>ってもいいですけど、③<ruby>間違<rt>まちが</rt></ruby>いだらけかもしれませんよ。

A：それはこまります。<ruby>頼<rt>たの</rt></ruby>むのはやめます。

A：可不可以幫幫忙①幫我寫數學作業？

B：嗯。我可以②幫忙寫，只是說不定會③錯誤連篇就是了。

A：那可不成。不拜託你了。

■<ruby>入<rt>い</rt></ruby>れ<ruby>替<rt>か</rt></ruby>え<ruby>語句<rt>ごく</rt></ruby>

1　①<ruby>夕食<rt>ゆうしょく</rt></ruby>の<ruby>準備<rt>じゅんび</rt></ruby>をして

　　②して

　　③まずくて<ruby>食<rt>た</rt></ruby>べられない

2　①<ruby>会費<rt>かいひ</rt></ruby>の<ruby>計算<rt>けいさん</rt></ruby>をやって

　　②やって

　　③<ruby>計算違<rt>けいさんちが</rt></ruby>いがたくさん<ruby>出<rt>で</rt></ruby>る

3　①<ruby>少<rt>すこ</rt></ruby>し<ruby>お金<rt>かね</rt></ruby>を<ruby>貸<rt>か</rt></ruby>して

　　②<ruby>貸<rt>か</rt></ruby>して

　　③たくさん<ruby>利子<rt>りし</rt></ruby>をもらう

4　①これ、<ruby>帰<rt>かえ</rt></ruby>りに<ruby>投函<rt>とうかん</rt></ruby>して

　　②<ruby>投函<rt>とうかん</rt></ruby>して

　　③うっかり<ruby>忘<rt>わす</rt></ruby>れる

■代換詞句

1　①準備晚餐

　　②準備

　　③難吃到令人難以下嚥

2　①計算會費

　　②算

　　③算錯一大堆

3　①借我一點錢

　　②借你

　　③加很多利息

4　①回去的路上把這個丟進郵筒

　　②去寄

　　③不小心忘記

第㉒課：公約時代

（競選承諾時代）

会話 1　曲目22-2

高校での休み時間。数人の高校生が一人を囲んで要求をしています。

生徒1：委員になったら宿題をやってくれるはずよ。

生徒2：そうよ、選挙の公約まもってよ。

学級委員：そのつもりだったんだけど、先生に宿題は＿＿＿＿＿＿＿い

けないって言われたんだよ。

高中下課時間。幾名高中生團團圍住一人，提出要求。

學生1：你選上班長，應該要幫我們寫作業啊。

學生2：對啊，你要兌現你的選舉支票。

班長：我原本是想這麼做，可是老師說作業不可以＿＿＿＿＿＿啊。

会話１の下線部分に入る答え　會話１解答

①ほかの人の代わりにやっては（代替別人寫）……………２点

②自分でやらなくては（不親手寫）……………２点

③ほかの人にやってもらっては（叫別人寫）……………２点

④人に手伝ってもらっては（叫人幫忙）……………２点

⑤自分でやるようにしなくちゃ（不自己寫）……………２点

計10点

⑥その他（其他）………………………………？

＊右にあるのは点数です。①が入れられれば　２点、②もできたら計４点、⑤まで入れることができたら10点です。⑥は自分の答えです。

右邊的數字是分數。答出①可得2分，①和②都答對共得4分，①到⑤都答出來就有10分。⑥是你自己的答案。

選挙のとき、候補者は当選したら実行することを約束します。その約束を公約といいます。最近では「マニフェスト（＝manifesto）」（宣言）という語が代わりに使われたりします。下のマンガは、学級委員の選挙のときに「宿題を手伝う」と公約した生徒が当選したあとで困っている場面です。

　　＿＿＿＿＿＿の部分に適当な語句を入れてみてください。答えは１つではありません。そのあとで答えを見てください。たくさん答えると点数が上がります。

　　選舉時，候選人會向選民承諾自己當選後會做些什麼事。這個承諾就叫作競選承諾。最近也有人稱之為「競選宣言（manifesto）」（宣言、聲明）。下面的漫畫描述一個學生在競選班長時開支票說會「幫忙寫作業」，當選後頭疼不已。

　　請試著在上面會話的＿＿＿＿＿部分填入適當的詞語。答案不只一個。答完再看解答。答得越多分數就越高。

家の*居間。むこうに母親がいます。

父親：はい、誕生日のお祝い。

子供：えっ、模型？本物の自転車って公約だったじゃない？（泣く）

父親：そのつもりだったんだけど、今年は財源が見つからなかったんだよ。来年まで待ってくれない？

子供：来年は政権交代するの？

父親：そうだなあ、そうしようかな。

母親：（*知らん顔）

家中起居室。母親在另一頭。

父：來，你的生日禮物。

子：啊？模型？你不是答應說要送真正的自行車嗎？（哭泣）

父：本來是這麼想，可是今年沒有財源啊。等明年再說好嗎？

子：明年要政黨輪替嗎？

父：是啊，就這麼辦吧。

母：（裝聾作啞））

＊居間：家人團聚休閒的房間、起居室　　　＊知らん顔：知道卻佯裝不知道的樣子

会話練習　曲目22-4

語句を入れ替えて会話してください。Aが約束を破ったことを非難し、Bは実行する意思はあったが理由があってできないので、あとにしてほしいと頼みます。「そのつもりだったけど……してくれませんか」という頼み方の練習です。「公約」を「約束」に変え、丁寧な会話にしましたが、マンガのような友達どうしの文体にしてもいいです。

下のA、Bの下線部分①、②、③を入れ替え語句１、２、３、４の①、②、③と入れ替えてください。

　　　請填入代換詞句來練習會話。A指責B不守約定，B則表示有心履行約定，但因故無法做到，希望能往後延。練習拜託人家說：「我原本是想這麼做的，……好不好？」。練習中把「競選承諾」改為「約定」，也改成較客氣的說法。你也可以像漫畫裡一樣，用朋友之間說話的方式來練習。

　　　請在下面A、B的底線部分①、②、③，填入代換詞句１、２、３、４的①、②、③。

A：①本物の自転車って約束でしたよ。

B：そのつもりだったんですけど、②財源が見つからなかったんです。③来年まで待ってくれませんか。

A：你答應說①送真的自行車啊。

B：我原本是這麼打算的，可是②沒有財源。等③明年好不好？

■入れ替え語句

1 ①きょう返す
　②持ってくるのを忘れた
　③あした

2 ①きょう提出する
　②書く時間がなかった
　③あさって

3 ①食事に行く
　②仕事ができてしまった
　③来週

4 ①手伝ってくれる
　②都合が悪くなってしまった
　③この次

■代換詞句

1 ①今天要還
　②忘記帶來了
　③明天

2 ①今天要交
　②沒時間寫
　③後天

3 ①要去吃飯
　②有工作要做
　③下星期

4 ①要幫我的
　②現在不方便
　③下次

第㉓課：政権交代

会話 I　曲目23-2

家庭の居間。小学生ぐらいの男の子が両親に頼んでいます。母親は*

そっぽを向き、父親は困った顔をしています。

男の子：夕方、塾に行くから、パン買うお金ちょうだい。

母　親：政権交代したんだから、お金はお父さん_____。

133

在自家起居室裡，約莫就讀小學的男孩正在央求父母。母親不理不睬，父親則是一臉為難的樣子。

男孩：晚上要去補習班，給我錢買麵包。

母親：現在政權輪替了，錢＿＿＿＿＿＿＿爸爸＿＿＿＿＿＿＿。

＊そっぽを向く：對著其他方向。指採取不理會的態度

会話１の下線部分に入る答え　**會話１解答**

①に（から）もらいなさい（去跟〜要）………………………２点

②に頼みなさい（去拜託〜）…………………………………２点

③に渡してもらいなさい（叫〜給）…………………………２点

④が管理することになったの（已經變成〜在管了）………２点

⑤が管理することにきまったの（現在是由〜來管）………２点

計10点

⑥その他（其他）………………………………………………？

＊右にあるのは点数です。①が入れられれば２点、②もできたら計４点、⑤まで入れることができたら10点です。⑥は自分の答えです。

　右邊的數字是分數。答出①可得2分，①和②都答對共得4分，①到⑤都答出來就有10分。⑥是你自己的答案。

８月の選挙で自民党が負けて、民主党が政権をとりました。これを政権交代といいます。その結果、政府の仕事のやりかたが変わることになり、問題もおきています。

前のマンガは家庭の中のことで、家計を担当してきた母親がそれをやめて父親に担当を要求している場面です。_____の部分に適当な語句を入れてみてください。答えは１つではありません。そのあとで答えを見てください。たくさん答えると点数が上がります。

在8月的選舉中，自民黨大敗，民主黨取得政權。這叫政權輪替。結果政府的作風不同，也產生了一些問題。

前面的漫畫描述在一戶人家裡，一向負責管帳的母親決定放下擔子，要求父親接手。請試著在_____部分填入適當的詞語。答案不只一個。填完再看解答。答得越多分數就越高。

家の居間で。

夫：また赤字？

妻：そう。

夫：むだづかいが多いんじゃない？

妻：じゃ、これからは家計をやって。

夫：（おどろいて）そんなこと、急にはむりだよ。

妻：自分でやってみなければ、家計の苦労なんてわからないわよ。

在自家起居室裡。

夫：又透支了？

妻：沒錯。

夫：不必要的花費太多的關係吧。

妻：那以後你來管帳。

夫（大驚）：這種事突然要我做，哪做得來啊。

妻：不自己做做看，你怎麼會知道管家裡的收支多辛苦。

会話練習　　曲目23-4

　　語句を入れ替えて会話してください。　AがBの仕事のやりかたを批判し、Bは怒ってAに仕事をやらせようとします。「……なければ……なんてわからない」という文型の練習です。練習は丁寧な会話にしましたが、マンガのような友達どうしの文体にしてもいいです。

　　下のA、B、Aの下線部分①、②、③を入れ替え語句１、２、３、４の①、②、③と入れ替えてください。

　　　　請分別填入代換詞句來練習會話。A批評B的工作方式，B很生氣，要A來做這個工作。練習的句型是「……なければ……なんてわからない」（沒有……怎會懂……）。練習題使用的是恭敬鄭重的說法，不過你也可以像漫畫一樣，改成朋友之間交談的口吻。

　　　　請把下面A、B、A底線部分①、②、③套入代換詞句1、2、3、4的①、②、③。

A：じゃ、これからは①家計をやってください。

B：そんなこと、②急にはむりですよ。

A：自分でやってみなければ、①家計の③苦労なんてわかりませんよ。

A：那以後你來①管帳。

B：這種事②突然要我做，我哪做得來。

A：不自己做做看，你怎麼會知道①管理家裡的收支多③辛苦。

■入れ替え語句

1 ①計算

　②わたしには

　③むずかしさ

2 ①掃除

　②すぐには

　③たいへんさ

3 ①夕食の準備

　②わたしには

　③苦労

4 ①就職活動

　②ほかの人間には

　③苦しさ

■代換詞句

1 ①計算

　②要我做

　③困難

2 ①打掃

　②突然要求

　③辛苦

3 ①做晚餐

　②要我做

　③辛勞

4 ①求職

　②別人

　③痛苦

第㉔課：料理しない時代

（不下廚時代）

会話1　曲目24-2

台所で年取った母親がまごまごしています。共働きのむすこ夫婦は帰宅して着替えています。

田舎から来た母：晩ごはんの支度をしようと思うけど、まな板や包丁
　　はどこ？

むすこ：うちにはないと思うよ。

むすこの妻：晩ごはんは宅配便で来ますから＿＿＿＿＿＿はいらない
　　んです。

年邁的母親在廚房裡，不知如何是好。兒子和媳婦下班回家，正在更衣。

鄉下來的母親：我想準備晚餐，可是砧板和菜刀在哪裡？

兒子：家裡應該沒有吧。

兒媳：晚餐會宅配過來，所以不需要＿＿＿＿＿＿。

＊まごまご：不知道該怎麼辦，徬徨失措的樣子。

会話Ⅰの下線部分に入る答え　會話Ⅰ解答

①まな板や包丁（砧板跟菜刀）‥‥‥‥‥‥‥‥‥‥‥2点

②料理の道具（做菜的用具）‥‥‥‥‥‥‥‥‥‥‥2点

③台所の道具（廚房的用具）‥‥‥‥‥‥‥‥‥‥‥2点

④料理のための道具（做菜要用的器具）‥‥‥‥‥‥2点

⑤そんなもの（那些東西）‥‥‥‥‥‥‥‥‥‥‥‥2点

計10点

⑥その他（其他）‥‥‥‥‥‥‥‥‥‥‥‥‥‥‥‥‥？

＊右にあるのは点数です。①が入れられれば　2点、②もできたら計4点、⑤まで入れることができたら10点です。⑥は自分の答えです。

　　右邊的數字是分數。答出①可得2分，①和②都答對共得4分，①到⑤都答出來就有10分。⑥是你自己的答案。

不景気で妻も働かなければならない家庭がふえています。夫婦ともいそがしいので、食事の用意は、宅配便の材料に熱を加えるだけですませる場合も多くなっています。

前のページのマンガは、昔ふうの母親が台所道具のないのに驚いている場面です。

＿＿＿＿＿＿の部分に適当な語句を入れてみてください。答えは１つではありません。そのあとで答えを見てください。たくさん答えると点数が上がります。

因為不景氣，很多家庭的女主人也得工作賺錢。因為夫妻兩人都忙，吃飯就經常只是把宅配送來的材料加熱來吃。

下面的漫畫是描寫傳統思想的母親，對於沒有廚房用具大為震驚的場景。

請試著在＿＿＿＿的部分填入適當的詞語。答案不只一個。答完再看解答。答得越多分數就越高。

夕方になるとコンビニが売れ残った弁当を割引して売ります。街角で夫婦が携帯電話で会話をしています。

夫：そっちは割引はじまった？

妻：まだよ。きょうは2割引きだって。

夫：あ、はじまった。3割引きだって。

妻：じゃ、お弁当6つ買って。

夫：うちはたかしと3人だけど。

妻：3つはあしたの朝ごはん。

夫：（心配そうに）あしたの朝まで持つかな。

妻：さあ。心配だったら、朝早く起きて食べればいいのよ。

傍晚時，超商會把賣剩的便當降價促銷。街上有對夫妻正在用手機交談。

夫：妳那邊開始打折了嗎？

妻：還沒。聽說今天打八折。

夫：啊，開始了。他們說打七折。

妻：那你買6個便當。

夫：我們家連小祟是3個人啊。

妻：3個是明天的早餐。

夫：（有點擔心地）可以放到明天早上嗎？

妻：我也不知道。要是怕的話，早點起來吃就好了。

会話練習　曲目24-4

　語句を入れ替えて会話してください。　Aが心配していることにBは無責任な解決策を提供します。「……たら……ばいい」という文型の練習です。この文型は広く使えますが、今回は冗談で無責任な解決をしてみてください。普通の会話にしましたが、友達どうしの文体にしてもいいです。

　下のA、Bの下線部分①、②、③を入れ替え語句１、２、３、４の①、②、③と入れ替えてください。

　　　　請填入代換詞句來練習會話。對於A很擔心的事，B提出一個不負責任的解決方案。要練習的句型是：「要是……的話，……就好了」。這個句型的用途很廣泛，這回請試著用來表示開玩笑似的提出不負責任的解決方案。會話設定為一般的對話，你也可以改成朋友之間用的口吻。

　　　　請在下面A、B的底線部分①②③，填入代換詞句1、2、3、4的①②③。

A：①あしたの朝まで持つでしょうか。

B：さあ。②心配だったら、③朝早く起きて食べればいいんです。

A：①可以放到明天早上嗎？

B：我也不知道。②要是擔心的話，③早點起來吃就好了。

■入れ替え語句

1　①入試、大丈夫
　　②合格しなかったら
　　③ほかを受ければ

2　①就職、うまくいく
　　②だめだったら
　　③ほかをさがせば

3　①バスに間に合う
　　②間に合わなかったら
　　③タクシーに乗れば

4　①彼（彼女）、返事くれる
　　②くれなかったら
　　③あきらめれば

■代換詞句

1　①入學考沒問題
　　②要是沒考上
　　③再考別家

2　①能順利就業
　　②要是不成
　　③再找別家

3　①趕得上公車
　　②趕不上的話
　　③搭計程車

4　①他（她）會回信
　　②沒回音的話
　　③死心

作者：水谷信子

畢業於東京大學，曾留學密西根大學。

為御茶水女子大學‧明海大學名譽教授。曾任美加大學聯合日本研究中心教授。

著作：

《中級日語綜合讀本》

《中級日語綜合讀本前期》

《日語綜合讀本從初級到中級》

《入門日本語》

《すぐに使える日本語会話超ミニフレーズ200》

《わかる！話せる！日本語会話基本文型88》……等書

中文翻譯：林彥伶

學歷：

東吳大學日本語文學系碩士

日本愛知學院大學文學研究科博士

經歷（現任）：

明道大學應用日語學系專任助理教授

鴻儒堂書局『ステップ日本語～階梯日本語雜誌』特約中文翻譯

譯作：

《快樂聽學新聞日語　聞いて学ぼう！ニュースの日本語》

內文漫畫：小林ひろみ

封面設計：張芝琳（無糖泡芙）

日本語を学ぶ・日本を知る

ステップ日本語
階梯日本語雜誌

書+CD　每期定價350元

創刊於1987年6月，學習內容包羅萬象，包括日語學習、介紹日本的社會現況、歷史文化、新聞時事等，並榮獲第35屆金鼎獎「最佳教育與學習雜誌獎」，是所有日語老師一致推薦廣受好評的最佳日語學習雜誌。對於想要從事對日貿易或赴日留學者，『階梯日本語雜誌』是不可或缺的學習利器。

國內訂閱價格	掛號郵寄
雜誌+CD一年（12期）	3,860元
雜誌+CD二年（24期）	7,320元

◆海外讀者訂閱歡迎來電或以電子郵件詢問海外訂閱價格
◆當月號單套零購，請至各大書店購買。
◆學生團體訂購另有優待，歡迎來電洽詢。
　洽詢電話：(02)2371-2774
　劃撥戶名：鴻儒堂書局股份有限公司　劃撥帳號：00095031

國家圖書館出版品預行編目資料

現今社會看漫畫學日語會話 / 水谷信子著；小林
　　ひろみ漫畫；林彥伶譯. -- 初版. -- 臺北市：鴻
　　儒堂, 民104.06
　　面；　公分
　　ISBN 978-986-6230-26-4(平裝附光碟片)

1.日語 2.會話 3.漫畫

803.188　　　　　　　　　　　　104008942

日語類義表現

著者　黃淑燕
（東海大學日本語文學系副教授）

本書原連載於《階梯日本語雜誌》（1995
年6月號～2002年1月號），加以彙整出
版。
內容透過實際例句的比較和觀察，凸顯並
分析各種詞義的異同之處。具客觀性並加
強結論的可信度與說服力。更方便讓學習
者有系統地學習日語中類義的基本知識！

售價　　450元

現今社會 看漫畫學日語會話

今の世の中　マンガで学ぶ日本語会話

附mp3 CD一片／定價：350元

2015年（民104年）　6月初版一刷

本出版社經行政院新聞局核准登記

登記證字號：局版臺業字1292號

・・

著　　　者：水　谷　信　子

内 文 漫 畫　小 林 ひ ろ み

譯　　　者：林　彥　伶

封 面 設 計　張　芝　琳

發　行　所：鴻儒堂出版社

發　行　人：黃　成　業

門 市 地 址：台北市中正區漢口街一段35號3樓

電　　　話：02-2311-3810／傳　　　真：02-2331-7986

管　理　部：台北市中正區懷寧街8巷7號

電　　　話：02-2311-3823／傳　　　真：02-2361-2334

郵 政 劃 撥：0 1 5 5 3 0 0 1

E - m a i l：hjt903@ms25.hinet.net

本書凡有缺頁、倒裝者，請向本社調換

鴻儒堂出版社設有網頁，歡迎多加利用
網址：http://www.hjtbook.com.tw